すみれ屋敷の罪人

降田 天

JN067014

宝島社
文庫

宝島社

すみれ屋敷の罪人

——ああ、すみれが燃える。
——まるですみれのお葬式ね。

第一部　証言

□□□

Title: 調査依頼

先日、電話でお話しした件です。

旧紫峰《しほう》邸の敷地から発見された二体の白骨遺体について、身許《みもと》調査をお願いします。

紫峰邸の事実上最後のあるじであった紫峰太一郎《たいちろう》の家族および使用人たちが、何らかの事情を知っている可能性が高いと、こちらでは考えています。

そのうち生存の確認が取れている以下の三名から、聞き取りをおこなってください。

・栗田《くりた》信子《のぶこ》
・岡林《おかばやし》誠《まこと》
・山岸《やまぎし》皐月《さつき》

各人の現住所や簡単なプロフィールを添付します。

よろしくお願いします。

栗田信子

　鈍色《にびいろ》の低い空の下、苔《こけ》むしたブロック塀に囲まれた小さな庭にしゃがみこんで、咲き残ったすみれを探していた。しわだらけの手で鉢の中の葉をかきわけ、かろうじて淡い紫の花をつけている一本に鋏《はさみ》を入れる。

「この蒸し暑いのに精が出るね」

　のそりと頭を持ち上げると、門のところになじみの顔があった。いつものように手押し車に寄りかかりながら、雨が降る前に買いものに行くのだという同い年の彼女は、信子の足もとの鉢に目をやった。

「すみれももう終わりだねえ」

「最後だから飾ろうかと思って」

「お客さんでもあるの？」

　信子は地面と膝に手をついてゆっくりと立ちあがった。ふうと息を吐いて腰を伸ばすが、まっすぐにはならない。八十の大台に乗ってから、とみに体の衰えを感じるようになった。

手をついたときにつぶしてしまったらしく、左手に握っていたすみれが一本だめになっている。それを地面に捨て、残りの数本を鼻先に近づけると、なつかしい香りがまぶたの奥へ抜けていった。

「警察」

「え？」

「今日うちに来るお客さん、警察の人なの」

庇《ひさし》を打つ雨音に、信子はふと顔を上げた。いつのまに降りだしていたのか、気づけば家の中がひどく暗い。

台所と茶の間の電気をつけると、ため息がこぼれた。

六畳あるはずの茶の間は、仏壇が場を取っているせいでもっと狭く見える。色褪《いろあ》せて傷《いた》んだ畳に、頑丈なだけがとりえの座卓。いつからどうしてここにあるのかわからない博多《はかた》人形。適当な花瓶がないのでガラスのコップに挿して座卓に飾ったすみれは、部屋に華やぎを与えるどころか、かえってみすぼらしく感じさせる。

台所に戻り、箱から出そうとしていたティーカップに手をかけたものの、指がためらった。白地に花模様が描かれたウェッジウッドは、何十年も前に人からもらったものだ。信子は胸をときめかせたが、そんなもんうちでは使わないんだからよそへやったらいいという夫のひとことで、納戸の奥にしまいこんだままになっていた。長男が結婚したときに譲ろうとして見せて以来、箱が開けられたことはない。すてきですねとあいまいに笑った嫁が、持ち帰るのを忘れたのか、故意に置いていったのかはわからなかった。

まな板を買い替えなくちゃと前から思っている。それに古い調味料を整理して、換気扇の掃除もしなくちゃ。片づいてはいるが、古くて狭い台所は全体的に油じみて、生活の臭いがこびりついている。

信子はウェッジウッドの箱を閉めた。次にこれが開けられるのは、息子たちが遺品を整理するときだろう。いっそ処分してしまえばいいのに、そうできないのが性分だ。今年から二十一世紀になったというが、信子の生活には何ひとつ変化はない。

呼び鈴が鳴り、はっとして時計を見ると三時になろうとしていた。約束の時間だ。パーマをかけたばかりの髪をなでつけ玄関へ急ぐ。

訪問者を、信子は見上げる恰好《かっこう》で迎えた。とても背の高い、まだ二十代と思《おぼ》しき青年だ。ビニール傘を畳んで持っているが、スーツの袖や足もとが濡《ぬ》れている。とりあえずタオルを持ってきて差し出すと、青年は「ありがとうございます」とえくぼを見せた。簡単にスーツを拭い、内ポケットから黒っぽい手帳をちらりと覗《のぞ》かせる。

「X県警の西ノ森《にしのもり》と申します。本橋《もとはし》信子さんでいらっしゃいますか」

「はい、あの、そうです」

信子は西ノ森を茶の間に通し、台所で茶の用意をしながらそっと様子をうかがった。薄っぺらい座布団に窮屈そうに正座して、部屋の中を見まわしている。視線が何度も座卓に落ちるのは、やはりそこに出してある古いアルバムが気になるのだろう。

「年寄りのひとり暮らしなもので、行き届かなくてごめんなさいね」

「いえ、そんな。こちらこそ押しかけてしまってすみません。これ、かわいい花ですね」

「庭に咲いたすみれです。もう時期が終わって、あんまりきれいじゃないですけど」

西ノ森は反応に困り、急いで言葉を探したようだ。

「すみれ色っていうけど、こんなにいろんな色があるんですね」

「うちにあるのは、そこいらの道端に生えてるようなものばっかりですよ」

人がよさそうな刑事に、信子は来客用の湯飲みで茶を出した。ウェッジウッドを使ってもよかったような気になっていた。

みっともないぞ、おふくろ。ふいに息子の声が聞こえた。すみれなんか飾って浮かれちゃって。何がウェッジウッドだよ。いつだったか嫁が宝塚の観劇に誘ってくれたのを、おふくろはそんなの興味ないだろと息子が勝手に断った、そんなことをなぜか思い出す。

西ノ森のことは息子たちには話していない。

信子は自分の湯飲みを西ノ森と向かい合う位置に置き、そこへ座った。

「紫峰家についてお聞きになりたいということでしたけど」

その名を口にした瞬間、信子の心に劇的な変化が起きた。夫や息子たちの存在がすうっと遠くなり、あのご一家の姿があざやかに浮かびあがる。雲の上の美しいかたがた。紫峰家で女中として働いていた二年間が、信子の人生で最も華やかなときだった。

「お電話でも申し上げましたけど、わたしがお仕えしていたのは昭和十一年から十二年の二年ばかりで、お暇をいただいたあとのことはほとんど何も知らないんです。ですから西ノ森さんのお話をうかがって、びっくり仰天してしまって」

西ノ森が電話をかけてきたのは、数日前の夕方だった。庭木に水をやるべきかどうか、朝から降りそうで降らない空模様と根競《こんくら》べをしていたときだった。西ノ森は信子がかつて紫峰家の女中だったことを確認したうえで、用件を切り出した。

――紫峰邸の敷地から遺体が発見された事件はご存じですよね。

それは五月の頭のことで、しばらくは大きく報道されていたらしい。年々、万事に対して興味が薄くなり、最近は新聞やテレビもあまり見なくなっている。何のことやらわからないまま、紫峰家の名前にだけ反応して当惑する信子に、西ノ森は根気よく状況を説明した。

紫峰家はもともとそのあたり一帯を治めていた名族で、明治に入ってからは製薬企業を起こして成功した。代々の当主は一族のルーツであるX県譲町《ゆずりちょう》の丘に居を構えており、現存する屋敷はみごとな洋館であった。しかし現在は住む者もなく放置されていたのを、文化財保護および観光利用の目的で自治体が敷地ごと買い取った。そして整備のために重機を入れたところ、庭だった場所から白骨化した二体の遺体が発見された。

年齢、性別、死因、死亡および埋葬時期、すべて不明。X県警の刑事である西ノ森は、それらの身許を特定すべく、やむなく紫峰家の関係者からしらみつぶしに話を聞いているということだった。

心当たりはないと答えた信子に、じかに会って話を聞きたいと西ノ森は食いさがった。役に立てるとは思えなかったものの、紫峰家に関することなら何でも聞きたいと言うのだし、あのころの話ができるのがうれしくて、信子は今日の訪問を受け入れた。

「あ、念のため録音させてもらいますね」

ノートとペンを手にした西ノ森が、座卓の上に小さな機械を置く。

「ボイスレコーダーです。――二〇〇一年六月二日、もと女中、本橋信子さん。当時は栗田信子さん」

はいと返事をしてから、どうやらすでに録音が始まっているらしいと気がついた。怯《ひる》んだが、それだけ自分の話が重要視されているのだと気持ちを引きしめる。

信子は軽く咳払《せきばら》いをして、座卓の上で出番を待っていたアルバムに手を伸ばした。リングで綴《と》じられたえんじ色の表紙は、ウェッジウッドの箱と同じく、色褪《いろあ》せてざらざらと埃《ほこり》っぽい。ページが取れてしまわないよう慎重に開く。表紙の裏側に、同じだけ古い封筒が貼りつけてある。

その中から一枚の写真を取り出し、西ノ森の前に置いた。芝生の上で洋館を背にして、七人の男女が並んでいる。

「ご一家のお写真で、わたしが持っているのはこれだけです」

「撮《と》らせてもらっていいですか」

信子の許可を得て、西ノ森はその写真にカメラを向けてシャッターを切った。

「中央で椅子にかけておられるのが、旦那さまの紫峰太一郎さま。その右手側に立っておられる短髪のかたが、一番上のお嬢さまの葵《あおい》さま。左手側でひとり着物を着ておられるのが、次女の桜《さくら》さま。後ろから旦那さまの肩に手をかけておられるのが、三女の茜《あかね》さま。葵さまのお隣は、旦那さまの弟で、独立して同じ譲町内に居を構えていらした玲二《れいじ》さまです。みなさま、お美しいでしょう。とくにお嬢さまがたは花も恥じらうばかりで」

「奥さまはいらっしゃらないんですね」

「茜さまをお産みになってすぐに亡くなったそうです。旦那さまは悲しみからなかなか立ち直れなかったと聞きました」

「桜さんの隣にいるおふたりは？」

「書生の市川時生《いちかわときお》さんと御園春彦《みそのはるひこ》さんです。医学部の学生さんで、旦那さまは医師の資格もお持ちでしたから」

語りだすと、白黒の写真がみるみる色づいていくように思われた。茜の襟のレースを飾る金糸。桜の着物に咲いた薄桃の花。そして葵の唇を彩るあざやかな紅。遠すぎる思い出にはところどころ靄《もや》がかかっているけれど、一枚の絵画のようなあの光景ははっきりと目に焼きついている。

明るい光が降りそそぐ春の日だった。庭には色とりどりのすみれが咲き乱れていた。

あれは昭和十一年。今から六十五年も前のこと――。

＊＊＊

わたしが紫峰家にご奉公に上がったのは、満の十七になる年の春でした。遠い親戚の紹介だったそうです。わたしは農家の七人きょうだいの三番目で、高等小学校を出てからは近所の大きな農家さんのお手伝いをしていました。

行き先がX県と聞かされてとまどいました。どんなところか誰も知らなかったんですもの。正直、がっかりもしました。どうせ出るなら東京がよかったんです。わたし、少女歌劇のファンで、東京なら観る機会があるんじゃないかと思って。

少女歌劇ってわかりますか。ああ、そう、宝塚みたいな。当時はもっとたくさんあったんですよ。舞台を観たのは一度きりだったけど、雑誌に載った男役スターの写真を切り抜いたりしてねえ。だけど同級生にからかわれたことがあって、それからは隠すようになりました。忘れもしないわ。何を夢見てるのよ、泥のついた大根に目鼻をつけたみたいな顔して、って言われたんです。そのとおりだったから、よけいに傷つきました。

X県へ向かう汽車の中では、何度ため息をついたかわかりません。車窓の景色は山と川ばかりで、田舎《いなか》ということでは田んぼしかないわたしの故郷と変わりません。歌劇なんて夢のまた夢。スターの切り抜きを胸に当てて、狸《たぬき》が化けたのでいいから会いたいと祈ったもんです。

だけど譲町に着いてみると、これが意外にもなかなかの町でした。駅のまわりにはビルやお店があって、人が行きかい、映画の看板なんかも見えて。わたしの故郷や車窓の風景に比べれば大都会です。

これならもしかして歌劇もと胸が高鳴ったけど、一方で、とたんにわたしは自分の姿が気になりはじめました。なにせ大根です。一番ましな着物を着てきたとはいえ、お古のぼろだし、ぶきっちょな手でまとめた髪は、どうもほつれているような感じがするし。風呂敷に包んで背負った大荷物も、いかにも田舎者らしく見えるに違いありません。

急に心細くなったところへ、小走りに道を渡って近づいてきた人がありました。

「栗田信子さん？」

わたしより五つ六つ上と見える、浅黒い肌に学生服がよく似合うその男性は、紫峰家の書生の市川さんでした。大学の帰りにわたしを迎えにきてくれたんです。

「待ったかい。講義が長引いてしまって」

走ってきてくれたようで、肌寒い夕暮れなのに汗をかいていました。いいえ着いたばかりです、わざわざ来ていただいてすみません。返すべき言葉は頭にあったのに、声に出すことができなくて、わたしはただ首を横に振りました。

「荷物を持とう」

わたしは驚いて身を引き、また首を横に振りました。

「遠慮しなくていい。屋敷まで小一時間は歩くよ」

「あの、大丈夫です」

「取ったりしないよ」

　市川さんはおどけて笑いました。男らしい、どちらかといえば荒々しい顔立ちなのに、笑うと子どもみたいな顔になるんです。星に蒲《がま》の穂をあしらった襟のバッジがきらりと光ったのが印象的でした。

　結局、荷物は渡さないまま、わたしは市川さんのあとについて歩きだしました。男の人とふたりで歩くのは初めてで、隣に並ぶなんてとても無理だったんです。

　市川さんはわたしに合わせてゆっくり歩きながら、ふり返りふり返り話しかけてくれました。彼は遠く九州の出身で、ご先祖が紫峰家にお仕えしていた縁で、お屋敷でお世話になっているということでした。わたしはこの会話で初めて、紫峰家がどういう家なのかを知りました。紹介してくれた親戚が言っていたのかもしれないけど、頭に入ってなかったんです。わたしなんかがお殿さまにお仕えできるのか、たちまち不安になりました。たぶん態度に出ていたんでしょう、理由を訊《き》いた市川さんは笑いました。

「お殿さまなんて昔の話だよ。たしかに代々仕えてきたという使用人もいるが、たいていはふつうの雇い人なんだから」

　わたしはほっとするより、はずかしくなってしまって、それからはずっとうつむいていました。まともな受け答えもできず、やっと口をきいても蚊の鳴くような声でひところだけ。無愛想で失礼な娘だと思われてるんじゃないかと気が気じゃなかったけど、焦れば焦るほど言葉が出てこなくて。

そうやってずっと地面ばかり見ていたから、市川さんがちょっと足を止めて「ここだよ」と言ったとき、門が突然その場に出現したように思いました。町外れの丘の登り口に……ああ、西ノ森さんはご存じですよね。どっしりした石の門柱と、緑青色に塗られた鉄製の門扉の。

門から先は紫峰家の敷地だと聞いて、やっぱりお殿さまだと思いました。丘ひとつ丸ごとですもの。大きな自動車もすいすい走れそうな舗装された立派な坂道が長く延びていて、カーブした先は斜面に繁《しげ》った木々に遮られて見えませんでした。野生のすみれがたくさん咲いていて、丘全体に紫の霞《かすみ》がかかっているようでした。だから紫峰家のご先祖さまはこの丘にお屋敷を建てたんだと、納得したもんです。

えっちらおっちら坂を登って、ようやくお屋敷の前に立ったとき、わたしはぽかんと口を開けて立ち尽くしました。西洋風のお屋敷だなんて知らなかったんです。夕焼けの空にそびえ立つ洋館の、壮麗なことといったら！　やわらかなベージュ色の壁に、ずらりと並んだ背の高い窓。かわいらしい煙突と、白いバルコニー。広々とした芝生の庭には、色とりどりのすみれの花壇が設《しつら》えられて。

「お城だわ……」

すみれの丘の、すみれのお城。まるでおとぎの国に迷いこんだようで、わたしもう、どきどきして。

建物は誰それの、庭は誰それの、と市川さんが設計者を教えてくれました。名前は憶《おぼ》えられなかったけど、外国の著名なかたなんだそうです。

「当主の太一郎氏は、若いころにドイツとイギリスに留学されてたんだ。だから生活様式も西洋風でね」

市川さんは靴をはいたまま中へ入っていきました。わたしはためらったものの、おっかなびっくり玄関に足を踏み入れました。吹き抜けの天井を見上げて思わず漏らした声が、広いホールによく響いたのを憶えています。

「洋館に入ったのは初めてだろう?」

市川さんに答えようとしたとき、ホールの奥へ延びる廊下に、背広を着た年配の男の人が現れました。「執事の神山《かみやま》さんだ」と市川さんが教えてくれたけど、執事というのが何なのか、わたしにはわかりませんでした。あとで聞いたところでは、彼こそ代々紫峰家に仕えてきた家の人で、それをたいへん誇りにしているということでした。

「今、正面玄関から入ってこなかったかね」

恰幅《かっぷく》がよくて貫禄《かんろく》のあるその人は、わたしたちのところへやってくると、厳しい調子で問いただしました。わたしはすくみあがってしまいましたが、市川さんは動じませんでした。

「まさか。ちゃんとあっちから入りましたよ」

しれっと嘘《うそ》をついて、ホールの左手に見える小さな扉を指さしたんです。それは内玄関で、使用人は本来そっちを使わなければいけませんでした。初めて洋館に入る田舎娘のために、市川さんはこっそり決まりを破ってくれたんです。いたずらっぽい目配せに、わたしはうろたえてしまってうまく応えられませんでした。

「きみが今日から奉公する女中かね」

「あの、栗田信子です」

荷物の重みによろめきながら、おどおどとおじぎをするわたしを、市川さんは「すぐに慣れるよ」と励ましてくれました。うれしかったけど、ここからは一緒に来てもらえないんだとわかって、かえって不安がふくらみました。

神山さんにつれられていくわたしは、売られていく牛みたいだったって、あとで姉《あね》さん女中たちに笑われましたっけ。豊子《とよこ》さんと千代子《ちよこ》さん。いじわるで笑ったんじゃないですよ。ふたりとも、引っこみ思案な新入りをかわいがってくれました。あんたがまじめないい子だってことはわかってるって言ってくれて。豊子さんはつまみ食いの達人で、千代子さんは崩れにくくて野暮《やぼ》ったくない髪型を考える名人でしたねえ。

わたしがつれていかれたのは、使用人の居間でした。使用人たちはそこで食事をとったり休憩したりするんです。壁にはずらりとベルが並んでいて、各部屋からの呼び出しに応じて、すぐに飛んでいけるようになっていました。

執事って偉いんだと実感したのは、神山さんが姿を見せるなり、腰かけて談笑していたふたりの男性使用人が、お尻を針で突かれたみたいに立ちあがったからです。この有働《うどう》さんと相楽《さがら》さんは、どちらも二十代で背格好も似ていて、おまけに同じお仕着せを着ているもんだから、しばらくはどっちがどっちやら。神山さんは細長いテーブルに投げ出された新聞と煙草を咎《とが》めるように見てから、「どちらか霜妻《しもつま》さんを呼んできてくれんかね」と命じました。

女中頭の霜妻さんは、見るからにかしこそうな人でねえ。私の母より少し上くらいの年齢だったと思うけど、おっとりして上品な感じで、田んぼの泥にまみれて暮らしてる母とはまるで違いましたよ。しゃんと背筋の伸びたほっそりした体に、銀鼠《ぎんねず》の着物が似合って。

ええ、紫峰家では男性使用人は洋装、女性使用人は和装だったんです。だからわたしも着物に割烹《かっぽう》着で。本当はちょっと洋装に憧れてたんですけどね。ご一家は次女の桜さま以外、たいてい洋装でしたし。

霜妻さんはもと看護婦だったんですって。とても優秀だったのだけど、勤めていた病院で何か問題が起きて、その責任をなすりつけられて辞めさせられそうになっていたところを、旦那さまに招かれたんだそうです。仕事に関しては厳しい人で、よく叱《しか》られました。でも、いつもやさしかった。見知らぬ土地でひとり働くわたしにとって、霜妻さんはお母さん、豊子さんと千代子さんはお姉さんだったんです。叶《かな》うものなら、もう一度会ってちゃんとお礼を言いたいわ。

＊＊＊

「電話ですよ」

西ノ森に教えられて、信子は慌てて立ちあがった。このごろすっかり鈍くなって、電話の呼び出し音や、道路で後ろから来る自転車に気づくのが遅い。

本橋です、と応じたとき、心が冷めるのをはっきり感じた。栗田信子の物語には必要のない、古びた手書きの電話帳が目に入る。近ごろは二重線で消すことばかりで、最後に新しい名前を書き加えたのはいつだったか思い出せない。

電話の相手は長男の嫁だった。挨拶もそこそこに本題に入るのは彼女の性格だ。曾《ひ》孫《まご》の誕生日プレゼントをどうするつもりかと彼女は訊いた。

「誕生日？」

「あらやだ、忘れてた？　明日よ。あの子のほしがってるものをこっちで買って、ひいおばあちゃんからだって渡すのでいい？」

信子は壁に画鋲《がびょう》で留めたカレンダーを凝視していた。商店街でもらったもので、明日の枠にはたしかに曾孫の誕生日だと記されている。自分の字だ。

「次に会ったときにっていうのでもいいけど、いつになるかわからないし。去年は結局そうやって忘れちゃったでしょう」

「え？　去年は積み木をあげたじゃない」

「積み木って、いくつだと思ってるの。あげてないわよ」

「だってあの子と縁側でお城を作ったもの」

「あそこはマンションよ。それにお義母《かあ》さんは行ったことない」

そんなばかな、と言い返せなかった。あの子はいくつになるんだっけ。どの孫の子どもだっけ。当然わかっていたはずのことが、急にあやふやになる。

「もしもし、お義母さん？　さっき言ったのでいいわよね」

ちょっと待って、と信子は声をしぼり出した。

「どうかした？」

「あとにしてくれない？　今、お客さんが来てるから」

「お客さん？」

信子を訪ねてくるのは、近所の年寄りか民生委員くらいだと決めてかかっている口調だった。実際にそうだ。でも今日は、わたしの話を聞くためにわざわざ足を運んでくれた人がいる。

「警察の人なの。大切な話があるから、ごめんなさいね」

返事を待たずに受話器を置くと、そのぶんだけ体が軽くなった気がした。いいんですかと尋ねる西ノ森の向かいに、座卓に手をつきながら再び腰を下ろす。

「いいんですよ。それより、どこまでお話ししましたっけ」

「使用人の居間で女中頭の霜妻さんに会ったところです。たくさん使用人がいたんですね」

「このときは住みこみがわたしを入れて、ええと七人ですか。あとは通いで、料理人の山岸さんと、そのおかみさんが台所を手伝っていました」

「辞めたあと、連絡を取り合ったりは?」

信子はなんとなく気まずさを覚えて首を振った。

「わたしはいったん故郷に帰って、それから結婚してこっちに移ってきてしまいましたから。何より戦争で、それどころじゃなくなって。ただ、他の人たちは多少とも交流があったみたいです。姉さん女中たちもわたしの少しあとに辞めたらしいんですけど、戦後、豊子さんから手紙をもらいました。ご一家が山手大空襲で亡くなったそうだと」

西ノ森の目が丸くなる。

「山手大空襲というと、東京の？」

「はい。旦那さまと三人のお嬢さまと、四人で東京を訪れていたときに巻きこまれたと聞きました。あの時分にどうして東京へなんか……ねえ」

まぶたが熱くなって、信子は急いで鼻をすすった。

メモを取った西ノ森が、ペンの尻を顎に当てる。

「ご一家が東京で亡くなったとすれば、例の遺体は彼らではないということになりますね」

「は？」

「紫峰邸の庭から発見された遺体です。白骨化した二体の」

そういえば、この人はそれを調べていたのだったと思い出した。年齢も性別も何もかも不明の遺体。

だが最初から言っているとおり、信子にはさっぱり心あたりがない。ましてあのすみれのお城の人々が、そんな忌まわしいものに関係あるはずがない。

まだ若い刑事が辛抱強く正座を続けているのに気づいて、信子は足を崩すよう勧めた。遺体のことは知らないが、話したいことはいくらでもある。聞いてほしい。わたしはもっとあの世界に浸っていたい。

信子は体の角度を変えて座りなおし、電話を視界から閉め出した。

＊＊＊

こうしてわたしは紫峰家に仕えはじめたのだけど、慣れるまではたいへんでした。わたしが生まれ育ったのとは、あまりにもかけ離れた世界なんですもの。

ご一家が銀のナイフで切り分けるほんの一かけらの肉だって、わたしの口には一生入らないでしょう。前にわたしがお手伝いしていた大農家のお嬢さんの晴れ着だって、あそこではきっと雑巾にしかならないわ。壁や家具に傷でもつけたらと、何をするにもそろりそろりとしか動けませんでした。お嬢さまのおめしものなんて手を触れるのも恐ろしく、姉さん女中たちがこっそり自分の体に当ててみるのを見たときは、卒倒しそうになりましたよ。

それでもひと月ほどして慣れてくると、わたしは桜さまのお世話を優先的にするよう仰せつかりました。三人のお嬢さまの真ん中、ご一家のお写真でひとり着物を着ておられるかたです。女中頭の霜妻さんが言うには、わたしとは合うんじゃないかって。

西ノ森さんは桜さまにどんな印象を持ちました？　そうですね、お嬢さまがたはみなさま本当にお美しかった。背格好はよく似ていたけれど、それぞれに異なる魅力をお持ちでした。わたしがお仕えしはじめたとき、葵さまは十八、桜さまは十七、茜さまは十五。いずれも吉屋《よしや》信子《のぶこ》の小説に出てくるような……と言ってもわからないかしら。大根娘が何をとまた笑われてしまうけど、わたしの憧れだったんです。

ただ、姉妹のうちで桜さまは目立たない存在でした。桜さまのお美しさは、葵さまのようにぱっと目を惹《ひ》く華やかなものではなく、茜さまのようについつい目で追ってしまう愛らしいものでもなく、つつましやかで、じっと見つめているうちに価値に気づくという種類のものでした。それに、葵さまが絵画の、茜さまがピアノの才能を示されたのに対して、桜さまは抜きん出たものを何もお持ちではありませんでしたから。でも何より、性格的なものが大きかったと思います。ご自分が話されるより人の話をほほえんで聞いておられるかたでした。

「あなたは私に洋装を勧めないのね」

桜さまのお世話をするようになって、またひと月ほどたったころでしょうか。お部屋の鏡台の前でお髪《ぐし》を整えているとき、桜さまがおっしゃいました。いつものように伏し目がちで、ささやくようなお声でした。

「茜さんも女中たちも、たまにはどうかと言うのよ」

「お着物がよくお似合いです」

わたしは言葉を探して答えました。自分から人に話しかけるようなことは苦手だったし、ましてやお嬢さまに何かを勧めるなんて差し出がましい真似《まね》はできません。でもそれだけでなく、桜さまが洋服をめされない理由が、わたしにはなんとなく察せられていたんです。

それはおそらく葵さまのせいでした。葵さまは……ああ、どう言えばいいのかしら、表現するのが難しいわ。

初めて言葉をかわしたのは、お屋敷に勤めて三日目の夜でした。わたしは台所のそばに与えられた女中部屋で床についたものの、体はくたくたなのにいっこうに眠れず、気分転換に部屋を出たんです。みごとな満月の夜で、ちょっと眺めてから部屋に戻ろうという気になりました。

よく見える場所を求めて、みんなが寝静まったお屋敷の中を歩いていると、サンルームに人がいるのに気がつきました。ええ、庭に面したガラス張りのあの部屋です。茜さまのピアノがそこにあって、ご一家はよく籐《とう》の椅子に腰かけ、演奏に耳を傾けながら思い思いにくつろいでおいででした。ガラス戸を開けて庭へ出て、お散歩を楽しまれることもありました。明るい光に包まれたその様の優雅だったこと。

この夜、葵さまはひとりガラスの際にたたずみ、月を眺めておられました。ほのかにすみれの香りを含んだ夜風が、寝間着の上にゆるりと羽織られた薄いガウンを揺らしていました。そのお姿にわたしは息を呑《の》みました。幻のような、この世のものではないような、顎の上で切りそろえられた金の髪が艶《つや》やかに輝いて。ええ、わたしにはそう見えたんです。満月の蜜色の光が、とろりしたたるように髪を濡らして……。

まるで真紅の薔薇《ばら》のようなかただと、初めてお目にかかったときから思っていました。すらりとして華やかで気品があって。少女歌劇の男役の衣装がさぞお似合いになるだろうと、あれこれ想像したものでした。

息をするのも忘れて見とれていると、葵さまがふいにふり向かれました。あっとわたしは胸を押さえました。薔薇の棘《とげ》がささったように思ったんです。

「誰？」

暗くてよく見えなかったのかもしれません。それとも、新入りの女中の顔なんて憶えていなかったのか。きつい調子の問いかけに、わたしはへどもどしてしまいました。

「信子、栗田信子といいます、あの、三日前からこちらでお世話に……」

ああ、と葵さまはうるさげに手を振りました。わたしの愚鈍な答えかたにいらいらしているようでした。

「あの、失礼します」

「あなたも眠れないの？」

逃げるようにその場を離れようとしていたわたしは、あたふたと葵さまのほうへ向きなおりました。だけどあの美しくも鋭い目を見る勇気はなくて、体の前で重ねた自分の手に視線を落としていました。

「あなたはどうしてここへ来たの」

「あの、眠れなくて」

「サンルームじゃないわ。なぜうちの女中になったのか訊いてるの。それと、いちいち『あの』を挟むのはやめて」

「も、申し訳ありません。あの、じゃなくて、その、女中になったのは、女工より女中のほうがいいと親に言われたからです」

「あなたはそれでよかったの？」

「ご一家にお仕えできて光栄です」

「そういうことじゃなくて……いえ、いいわ」

葵さまを失望させたらしいとわかって、わたしは泣きそうになりました。いったい何がいけなかったのか……。

「私が学校を中退して帰ってきたというのは聞いた？」

はいと答えるべきだったけど、声が出なくてうなずきました。葵さまは東京の女子美術学校で洋画の勉強をしておられたんだそうです。ところが指導教授とうまくいかなくなったんだとか。

葵さまはそれについて語られることなく、唐突に会話を打ち切って、また月を眺めはじめました。わたしはどうしていいかわからず、でくのぼうのように突っ立って、月光に溶けるような後ろ姿を盗み見ていました。

どのくらいそうしていたかしら。葵さまの発言は今度も唐突でした。

「あなた、パーマネントをかけるといいわ」

急に首だけふり向いてそうおっしゃったんです。心臓が跳ね上がりました。葵さまがわたしに助言をくださった。わたしを見て、わたしのことを考えてくださった。何よりも今、葵さまはほほえんでくださった。吉屋信子の世界の人が、少女歌劇のスターのような人が、泥つき大根のわたしに！

見間違いなんかじゃありません。のちにわかってきたのだけど、葵さまはたいへんな気分屋で、それを抑えようとも隠そうともなさらないんです。気まぐれでわがままで奔放で。だから教授と衝突したんだろうし、わたしに声をかけてくださったのも同じ気まぐれでしょう。そのせいで敵を作るけれど、そこがむしろ魅力だという信奉者も大勢いるのだと、姉さん女中たちが教えてくれました。

わたしがどっちかはおわかりですよね。でも、だからこそ、桜さまのお気持ちも察せられたんです。三姉妹のうち桜さまと茜さまはふたつ離れていたけど、桜さまと葵さまはひとつ違いでした。葵さまが真紅の薔薇なら、桜さまは日陰に咲く野の花。大根ならばすなおに薔薇を賛美できても、同じ花ではそうはいかないんでしょう。同じような服装なんて絶対にしたくないはずです。

それに、桜さまは道徳心の強いまじめなかたでした。お父さまには一度も逆らったことがないと、幼いころからお仕えしている霜妻さんに聞きました。葵さまや茜さまは、ときには口答えをなさることもあったそうですけど。だから教授とけんかをしたあげく勝手に学校を辞めてしまった葵さまのおこないには、内心で眉をひそめられていたと思います。

「私は和装のほうが好きだわ」

桜さまは鏡をまっすぐに見て、きっぱりとおっしゃいました。

そんなやりとりをしてから数日後のことです。サンルームで葵さまと御園さんがチェスをなさっているところへ、桜さまが通りかかりました。わたしは掃除をしていて、たまたま近くにいたんです。

はい、御園さんは市川さんと同じ大学の医学部に通っていた書生さんです。背の高い人でしたね。同い年のふたりは内玄関のそばの書生室で寝起きし、勉強のかたわら旦那さまの秘書のような役も務めていました。葵さまの四つ上だったから、お嬢さまがたにとっては兄に近い存在だったのかもしれません。ご一家のお写真にも一緒に写っていますしね。

葵さまと御園さんはチェスをしながら、その年の二月に東京で起きた二・二六事件について話しておられました。お国の行く末を憂えた若い将校さんたちが大臣や新聞社を襲ったんです。

「彼らはある意味でまっすぐだなあ」

こつんと小さな音を立てて、御園さんは黒の駒を盤に置きました。

「でも、僕はいやだ」

「何がどういやなのよ」

御園さんはあいまいに笑うだけで答えませんでした。

このときにかぎらず、御園さんには答えをはぐらかすというか、本心を見せないというか、とらえどころのない感じがありました。実直な市川さんとは対照的です。いつだったか御園さんと議論をした市川さんが「こんにゃくを相手にしているような気がするよ」とげんなりした口調でぼやき、御園さんが笑っているのを聞きました。感じの悪い人ではないけれど、どこか得体の知れない雰囲気が、わたしは苦手だったんです。

「私は軍人はきらいよ。野蛮だもの」

葵さまがそうおっしゃったときでした。

「お姉さま、何てことをおっしゃるの」

割って入った桜さまのお声は、他の誰に対してもけっして発せられることのない冷ややかなものでした。まさか桜さまがおっしゃったとは思わず、わたしはあたりを見まわしたくらいです。

「顕臣《あきおみ》さんに申しわけないとは思わないの？」

顕臣さまは間宮《まみや》伯爵家のご三男で、お嬢さまがたの母方の従兄《いとこ》です。伯爵家は東京ですが、子どものころは長期休暇を紫峰家ですごされるなどして、ご一家とは親しくしておられたんですって。陸軍の中でも軍刀組と呼ばれるエリート士官で、葵さまの許婚《いいなずけ》でした。

「私が何を言い、どう考えようと、私の自由よ」

葵さまは鼻で笑いました。その瞬間、桜さまの白い首筋がかっと赤くなったのが、少し離れたところからでもはっきりと見えました。女はひたすら夫を立てるよう教育されていた時代ですから、まったく悪びれない葵さまの言いようが、桜さまには信じられなかったのだと思います。

その年の暮れ、葵さまは顕臣さまと正式にご婚約なさいました。いかに軍人がおきらいでも、家同士の昔からの取り決めに逆らうほどではなかったのでしょう。お屋敷での婚約披露パーティーのときも、桜さまはやはり振袖でした。

＊＊＊

「婚約披露パーティーといえば……」

信子は古いアルバムのページを繰った。このえんじ色のアルバムには、結婚前の数少ない写真だけを収めてある。信子が栗田信子だったころ。本橋家の嫁でも息子たちの母でもなかったころ。少女歌劇と吉屋信子が好きで、葵に憧れ、市川にほのかな想いを寄せていたころ。手に取るたび、亡き夫や息子たちに、いや相手は誰でもかまわないから、訴えたくなる。わたしにだってあったのよ。

「ああ、これだわ」

目当てのページにたどりつき、信子は一枚の写真を指さした。使用人用階段の踊り場に立つふたりの娘。ぎこちない笑みを浮かべた信子の隣で、もうひとりは無表情だ。頰から唇の端にかけて刃物で切り裂いたような傷がある。

「唐沢《からさわ》ヒナ。わたしのあとから新しく入ってきた女中です」

なぜこんな写真を撮ることになったのかは忘れてしまったが、紫峰家に勤めていた当時の写真はこれしかない。どうせなら葵は無理だとしても、よくしてくれた姉さん女中や市川と写りたかったのに、日ごろから何かにつけて年少組という形でまとめられていた。

「十四には見えないでしょう」

「大人っぽいですね。見た目というより雰囲気が」

「以前は芸者の卵だったんですって」

西ノ森はこの写真も撮影した。

写真の中のヒナと見つめ合っていると、いまだに胸の奥がざわつく。かしこそうな両目に、何もかも見透かされているような気がする。

彼女のことを語るのには、怯《おび》えにも似たためらいがあった。それでも口は勝手に動きつづける。

「ヒナがお屋敷にやってきたのは、葵さまの婚約披露パーティーの日でした」

＊＊＊

使用人にとって十二月はただでさえ忙しいときです。お歳暮の手配、お正月のしたく、庭木の霜よけ、食器の煮洗い、そして何より大掃除。床や手すりは顔が映るほどに、窓はガラスが見えなくなるように、あの広いお屋敷をどこもかしこもぴかぴかに磨きあげなければいけません。人間の数より仕事の数のほうがはるかに多いんですから。

夏から使用人がひとり、誠さんという十三の男の子が加わっていたものの、この子は少し体が不自由で、おっちょこちょいなところがあったので、頼もしい戦力とは言えませんでしたね。

そんな時期にパーティーの準備だなんて、それはもう目が回るようでした。でも晴れの日に向けてお屋敷の装いが変わっていくのは、うきうきするものでしたよ。

冬のことですみれは残念だったけど、出入りの庭師は腕がよくて、芝生の縁を彩る庭木は美しく整えられ、サンルームから庭へ下りる階段にはみごとな盆栽が並びました。ご親族の晩餐《ばんさん》の場となる食堂には、何ヶ月も前から修繕に出していた、とても長いテーブルと椅子が運びこまれました。そこに供されるお料理は、料理人の山岸さんが熟考と試作を重ねたフランス料理のフルコースです。わたしも試作品を食べさせてもらったけど、あんなおいしいものがこの世にあるとは知りませんでしたよ。

そうしていよいよ迎えたパーティー当日、あの子はやってきたんです。

昼下がりのことでした。わたしが二階の客間を整えて出ると、旦那さまが階段を上がってこられるところで、後ろから葵さまの怒ったような声が聞こえてきたんです。

「お父さま、話は終わってないわ」

「くどい。だめと言ったらだめだ」

わたしはとっさに客間に戻り、いけないと思いつつ、扉を細く開けて様子をうかがいました。旦那さまはどちらかというと線が細い温厚なかたで、そんなふうに頭ごなしに突っぱねるようなことはなかったものですから。

結論から言うと、葵さまはこのとき、ヒナを女中として雇いたいと旦那さまに引き合わせていたんです。東京にいらしたときに知り合い、呼び寄せたとのことでした。

「なぜいけないのか、納得いくように説明して」

「おまえは勝手がすぎる」

「結婚については従ったわ。自分の身のまわりの世話をさせる者くらい、自分で選んだってかまわないでしょう」

葵さまのお世話を？　わたしはひどくうろたえました。今まで葵さまのお世話は、女中頭の霜妻さんがやっていたんです。お小さいころからそのままということでした。もし替わるのなら、わたしがその役に就きたかった。桜さまのお世話をすることに不満なんてなかったけど、やっぱりわたしは葵さまのおそばにいたかったんです。

「あの娘をどこで拾ってきたんだ」

「浅草《あさくさ》の置屋よ。芸者の見習いだったの」

「おまえはそんなところに」

「顕臣さんにだってなじみの店があるわ。それに私にとやかく言えるほど、お父さまは身ぎれいかしら。知ってるのよ、お母さまが亡くなったあと誰か女の人がいたって」

頬を打つ乾いた音に、わたしは思わず首をすくめました。旦那さまが手を上げるなんて、この目で見ても信じられなかった。驚いて言葉もない様子の葵さまの鼻先で、旦那さまの書斎の扉が荒々しく閉ざされました。何から何まで旦那さまらしからぬおふるまいです。

わたしはそろりと客間を抜け出し、まろぶように使用人用階段に走りました。よく落ちなかったものだと思います。

下りたところに、唐沢ヒナは立っていました。晩餐会とパーティーの準備で屋敷じゅうがばたばたしていたので、誰の目にもつかずにいたんでしょう。

日の当たらない暗がりにその姿を見つけたとき、わたしはなぜかどきりとして足を止めました。台所から聞こえてくる姉さん女中の陽気なおしゃべりが、ふっと消えたような気がしました。何かそういう、いわく言いがたいふしぎな雰囲気が、あの子にはあったんです。

こちらをふり仰いだ顔を見て、わたしはあっと声をあげそうになりました。その傷のせいです。頬から唇の端にかけて、無惨なほどにくっきりとした傷。これでは芸者なんて無理だとひと目でわかりました。

わたしが傷から目を離す前に、ヒナは自分から言いました。

「東京で芸者の見習いをしてたんです。お座敷で酔っ払ったお客に」

その声を聞いて初めて、ヒナがわたしより年下らしいことに気づきました。体つきは華奢《きゃしゃ》で、おさげに編んだ黒髪はあどけなささえ留めています。なのに口調は妙に落ちついていて、感情のこもらない淡々とした言いかたなんです。傷はまだ新しいようなのに、すっかり割りきった様子で。眉ひとつ動かさないもんだから、なんだかうそ寒くなりました。

「あの、ここの女中になるの？」

「葵さんがそうしろと」

「さまよ。葵さま」

思わず強い声を出してしまって、顔が熱くなりました。そんなわたしを、ヒナは静かに見つめました。ガラスみたいな瞳で。

そこへ葵さまがいらだちを隠さずにやってこられました。

「ヒナ、こんなところにいたの。したくをするから私の部屋へ来て」

「旦那さまは何と」

「関係ないわ。使用人たちへの紹介もあとよ」

あの、とわたしはつい口を挟みましたが、言葉が続きませんでした。葵さまは機嫌が悪いときの尖《とが》った口調で、霜妻さんを部屋へ来させるようわたしに言いつけました。

晩餐会のドレスと髪型を、今から変更するというんです。葵さまのお世話は霜妻さんにしかできないと、姉さん女中たちが断言するゆえんです。

でも霜妻さん自身がそろそろ後任をと望んでいたらしく、このときから葵さまのお世話はヒナに引き継がれていきました。旦那さまがあれほど激しく拒絶なさったにもかかわらず、葵さまはヒナを勝手におそばで使いはじめたんです。既成事実として認めざるをえないような形で、旦那さまも無理に追い出そうとはなさいませんでした。

屋敷に来たその日から、ヒナはすぐに仕事に加わりました。晩餐会とパーティーで猫の手も借りたいくらいだったから、みんな彼女が何者か知らないまま受け入れました。そしてヒナは、猫どころかとても有能だったんです。

親族だけの晩餐会には、旦那さまの弟である玲二さまとそのご一家、顕臣さま、顕臣さまのご両親である間宮伯爵夫妻が招かれていました。顕臣さまはいかにもエリート軍人らしい凛々《りり》しいかたで、お父さまとよく似ておいででした。伯爵夫人は亡き奥さまのお姉さまで、葵さまがお歳をめされたらあんなお顔になるんだろうと想像される、華のあるご婦人でした。

晩餐会のあと、パーティーは二階の大広間で催されました。いったい何畳あったのかしら。上品でおしゃれな寄せ木の床に、まばゆいばかりのシャンデリア。美しい庭を見渡せる大きなバルコニーがあって。お屋敷ではスチームの暖房を使っていたけど、広間と応接間には本物の暖炉があって、この日はちゃんと薪をくべて火を入れたんですよ。

そういう場に女中は姿を現すべきではありません。でもわたしはパーティーが見たくて、こっそり覗きにいきました。見つかりやしないかと心臓がどきどきしていたけど、どうしても抑えられなかったんです。

こう言ってはなんですが、女中頭の監視の目がなかったのは幸運でした。間宮伯爵夫人が急な体調不良でパーティーを欠席されることになり、もと看護婦の霜妻さんはお部屋に付き添っていたんです。

パーティーはまるで夢のようだったわ。エリート軍人と、紫峰製薬の社長にして貴族院議員の令嬢の婚約とあって、広間は大勢のお客であふれかえっていました。着飾った紳士淑女や軍服に身を包んだ将校さんたちが、グラスを片手に談笑し、楽団の演奏に合わせて踊っていました。その様子を廊下から見ているだけでも、自分の体がきらきら輝きだす気がしましたよ。紫峰家にお仕えしていることを、どんなに誇らしく思ったか。

その中でもやはり葵さまは特別でした。お名前に合わせたのでしょう、淡い紫のドレスがとてもよくお似合いで。顕臣さまと寄り添って祝福の声に応える姿は輝くようでした。でもわたしは、葵さまと旦那さまのやりとりがどうにも胸に引っかかってしまって……。

しばらくすると、執事の神山さんの呼びかけで、会場じゅうの耳目が旦那さまに集められました。お客さまたちがあけた道を、旦那さまは葵さまに向かってまっすぐ歩んでいかれました。どうやら贈りものをされるようで、わたしからは見えなかったけど、聞こえてくるささやきで、みごとな工芸品らしいとわかりました。

「婚約おめでとう。この小箱におまえたちの幸せをつめていっておくれ」

葵さまにかけられたお声は、慈しみに満ちたものでした。昼間の衝突が嘘だったかのように。小箱は父から娘へと手渡され、会場はあたたかい拍手に包まれるはずでした。

ところが次の瞬間、思いがけない耳障りな音が響き渡ったんです。小箱が床に落ちた音でした。それで蝶番《ちょうつがい》が壊れてしまったらしく、とれた蓋《ふた》が、誰かにうっかり蹴とばされでもしたものか、わたしの目の届くところに転がってきました。ちゃんと見えたわけではないけど、蓋の表面はいくつものすみれの花の細工で飾られていました。だけどその真ん中に大きな亀裂が入ってしまって。

これが事故だったのか、もしかして葵さまがわざとそうなさったのか、わかりません。すみれを切り裂くような亀裂を見て、わたしはヒナの顔の傷を連想しました。あの子が災いを運んできたような気になったんです。

なんだか不吉な感覚に襲われて、わたしはあわてて階下の自分の居場所へ逃げ帰りました。

片づけが終わったのは深夜です。ようやく部屋へ引き取ろうとしていたら、旦那さまの書斎からお酒のグラスを下げてくるよう言いつかりました。

でも書斎の扉を開けると、旦那さまはまだ机に向かっておられたんです。帳面を開き、手にしたしおりをぼんやり見つめておいででした。わたしが頭を下げる前に、旦那さまは「ああ、すまない。もう休むよ」と、帳面を閉じて出ていかれました。少し酔っておられたようです。

わたしはグラスを手に取ろうとして、その帳面を落としてしまいました。旦那さまが挟んだすみれの押し花のしおりと、一枚の写真が床を滑りました。ご一家と玲二さまと書生のふたりが写ったこの写真です。

あわてて拾い、もとに戻そうと帳面をめくると、青いインクでずらりと俳句が記されていました。日付のあとに一句か二句。旦那さまが詠まれたものでしょう。庭のすみれ、三人の娘たち、バルコニーを訪れた小鳥、夕食のカレー。句のよしあしはわからないけど、なんとなく素朴でほほえましい感じがしました。

新しいページには、この日の日付だけが記されていました。きっと葵さまのことを詠もうとして、でも言葉にならなかったんだと思います。旦那さまのお心をかいま見て、昼間の葵さまとのいさかいやパーティーでの不幸なできごとが、なおさら悲しく感じられました。ヒナのせいでという気持ちもますます強くなりました。

なのに、その日からわたしはヒナと同じ部屋で寝起きしなければならなかったんです。女中部屋はふたり部屋で、わたしはそれまでひとりでしたから。結局わたしが辞めるまで一年ほど一緒でしたね。

とくにぶつかったということはありません。たしかにヒナに対していい感情は持っていなかったたし、葵さまのことで嫉妬めいた気持ちがなかったと言ったら嘘になるけど、だからってあの子を責めるわけにはいかないじゃないですか。それに、わたしはもともとはっきりものを言えるほうではないので。そのかわり、仲よくなるということもありませんでしたね。たんに相部屋で生活しているだけという感じで。

ヒナのほうもそれを望んでいたと思います。わたしに対してだけじゃなく、誰に対してしても壁を作っているようでした。会話はそつなくこなすけれども、必要以上に深く関わろうとはしないというか。あれこれ話しかけられても、何か遊びに誘われても、さらりとかわしていっこうに打ち解けようとしないんです。

「もうちょっとかわいげがあってもいいのに」「なじもうって気がないのかね」そのうち使用人の居間ではそんな声が聞かれるようになりました。市川さんは「顔の傷のせいで人と交わることに抵抗があるのかもしれない」と気の毒そうに言ったけど、わたしにはとてもそうは思えませんでした。むしろわたしたちをうるさがっているというか、見下しているような。

なんで葵さまはこんな人をとふしぎだったけど、理由はすぐにわかりました。絵をおやりになる葵さまは、ヒナをモデルに使っておられたんです。東京にいらしたころからだそうで、ヒナから顔のけがで芸者をやめることになったと連絡を受けて、お声をかけられたのだとか。

ヒナと同じ部屋で寝起きしていると、彼女から漂う独特のにおいに気がつくことがありました。わたしは絵についてはわかりませんが、葵さまが絵を描かれるときに出るにおいだというのは知っていました。それがヒナの体や髪に移ってたんです。

うらやましかった。わたしは葵さまの絵を近くで拝見するどころか、お部屋に入ったこともありません。サンルームや庭でキャンバスに向かっておられるとき、絵筆を握った細く長い指が、やわらかく、ときに激しく動くのを、遠くから見つめることしかできません。

でも、ヒナがそれを自慢に思っている様子はありませんでした。もちろんいやじゃなかったんでしょうけど、うれしそうでもなく、ただ仕事だからやっているというふうで。

あの子が何を考えているのか、わたしにはさっぱりわかりませんでした。いいえ、御園さんとは違います。わからないとは言っても、彼の場合は悪い人ではないだろうと思えるんですよ。でもヒナの場合は、心の奥に何か恐ろしいものを隠している感じがするんです。べつに根拠があるわけじゃないんですよ。たんなる印象ですけど。だけど実際、ヒナが来てからはつらいことが続きましてねえ。

最初があのパーティーの日でしょう。

その明くる年、昭和十二年になると、大学を卒業した市川さんが軍医として入隊してしまったんです。そうすることを彼はずっと以前から決めていました。

お屋敷を出ていくとき、市川さんはわたしたち使用人に言いました。

「旦那さまとお嬢さんたちを頼むよ」

何年も一緒に暮らしたご一家のことを、家族のように思っていたんでしょう。みんなが別れを惜しみつつ激励の言葉をかけるなか、わたしは涙を堪《こら》えるのに必死で何も言えませんでした。初めてお屋敷につれてきてもらったときみたいにずっとうつむいていたから、顔も見られなかった。最後だっていうのにね。

同じく卒業した御園さんもどこかの病院に就職するためにお屋敷を出ていったので、書生のふたりに会ったのはこの年が最後です。

それからもうひとり、三女の茜さまも東京の音楽学校に入学するためにお屋敷を出られました。

茜さまは天真爛漫《てんしんらんまん》なかわいらしいかたで、誰からも愛されていらっしゃいました。仲がよいとは言えなかったふたりのお姉さまも、茜さまのことはかわいがっておられましたよ。わたしたち使用人にも、よくお得意のピアノを聴かせてくださいました。教養のない女中相手にも少しも偉ぶらないで、曲について教えてくださったりして。茜さまが行ってしまわれたあとのお屋敷は火が消えたようで、みんなでひそかにさみしがったものです。

ところがその夏の終わりに、茜さまは突然、学校を辞めて帰ってこられました。旦那さまやお姉さまがたも寝耳に水だったご様子で、たいそう驚いておいででした。お体を壊されたからだとわたしたちは聞かされましたが……。

茜さまが帰られた日のことです。真夜中にすさまじいピアノの音が響き渡って、屋敷じゅうのみんなが飛び起きました。ピアノのあるサンルームに駆けつけると、暗闇の中で寝間着の茜さまが一心不乱に鍵盤を叩《たた》いておられました。額に玉の汗を浮かべ、旦那さまがお声をかけられても見向きもされずに。

肩を揺すられてようやく手を止めた茜さまは、大きな目をしばたたいて笑顔になりました。

「あら、みんないらしたの。私の音楽はいかが」

悪びれない様子に、わたしたちはとまどうしかありませんでした。

「何時だと思っているんだ」

旦那さまが強くおっしゃっても、まるで言葉が通じていないかのようで。茜さまは旦那さまを、それからわたしたち全員を見まわし、そうだ、とうれしそうな声をあげました。そしてまた鍵盤に指を乗せ、さっきとは違う曲を弾きはじめたんです。

「新しい音楽が生まれたわ」

「やめなさい」

「私の音楽……」

「茜」

旦那さまが手をつかみ、音楽は短い不協和音を響かせてとぎれました。同時に、茜さまのお顔からも表情が消えました。冷めたなんてものではなく、完全に消えてしまったんです。まるで人形でした。ぞっとしたのはわたしだけじゃなかったと思います。どうかしてるとつぶやいたのは葵さまだったでしょうか。そのとおり、茜さまはおかしくなってしまわれたんです。このできごとは一例にすぎず、日々くり返される奇妙なおふるまいに、わたしは狐憑《きつねつ》きという言葉を思い浮かべました。旦那さまは精神の病を疑い、専門の医者に診せようとなさいましたが、ご本人が強く拒否されたのだそうです。

やがて屋敷の外にも噂《うわさ》が広まり、東京で何があったのかと憶測を呼びました。茜さまのお心がずたずたになるような、むごい何かがあったに違いないと。けれどお姉さまがたが代わる代わる尋ねても、旦那さまが音楽学校に問い合わせても、原因はわからなかったということです。

昼夜を問わず響き渡るピアノに困りはて、旦那さまは屋敷内に茜さま専用のピアノ室を設けられました。生前のままに残しておられた亡き奥様のお部屋を、音が漏れにくいように改造し、そこへピアノを移されたんです。二階の端のそのお部屋に、茜さまはほとんどこもりきりになりました。座敷牢《ざしきろう》だなんて言う人もいたみたいだけど、そんなんじゃないですよ。茜さまは閉じこめられていたわけじゃありません。そういうこともめずらしくない時代に、旦那さまはけっしてそうはなさらなかったんです。

茜さまはもちろんお気の毒ですけど、ご家族だってお気の毒でした。ご心痛はいかばかりだったでしょう。わたしは精いっぱいご一家をお支えしようと誓《しら》いました。

でもその年の冬、郷里の母が病に倒れたという報せが届いたんです。本当に、ヒナが来てからつらいことばかり。わたしは泣く泣くお屋敷を辞し、実家に帰ることになりました。

お写真はそのときにお願いしていただいたものです。女中の分際で厚かましいのはわかっていたけど、どうしてもご一家のお写真がほしかったんです。

わたしと紫峰家のご縁はそれっきりでした。その後は豊子さんからご一家の訃報を受け取っただけです。

旦那さまの跡は弟の玲二さまが継がれたんですよね。今の紫峰製薬を見ると、経営に向いておられたんでしょう。あのころもお忙しくなさっていて、お屋敷に顔を出されることもめったにありませんでしたから。

……ああ、そうだ。会社の話で思い出したわ。

あれは二十何年前になるのかしら、広瀬《ひろせ》さんにお会いしたんです。あら、言いませんでしたっけ。お屋敷に出入りしていた家具職人が広瀬さん。晩餐会のテーブルや椅子を修繕した人です。お会いしたのはその息子の竜吉《たつきち》さんで、なんとうちの息子の結婚式にいたんですよ。家具屋の社長さんになったそうで、会社の取引があるんですって。

わたしがお屋敷にいた当時は九つか十で、父親についてきているのを何度か見かけたことがありました。わたしはわからなかったけど、あちらのほうがもしかしてと声をかけてくれたんです。それで、それで……。

＊＊＊

——消えちゃったんだよ、三人。市川さんと、御園さんと、ヒナ。

突然、竜吉の声がはっきりとよみがえった。

「本橋さん？　どうされました？　信子さん」

信子ははっと目の前の若い男を見た。一瞬、頭が混乱する。どこかで見た顔。誰だっけ。

「西ノ森です。大丈夫ですか」

ああ、そうだった。X県警の刑事。紫峰邸の庭から出た遺体の身許を調べている。

鳥肌が立つのを感じながら、信子はわななく唇を開いた。

「今、思い出しました。消えたって、竜吉さん、言ったんです。市川さんと御園さんとヒナが、行方不明になってるって」

西ノ森の表情が引きしまった。

「市川時生さんと、御園春彦さんと、唐沢ヒナさんが」

「そうです。どうして忘れていたのかしら」

「行方不明というのは？」

「詳しいことはわかりません」

「よく思い出してみてください」

声にもどかしさがにじむ。信子は記憶の引き出しをひっかきまわしたが、何も見つからなかった。

「聞いてないと思います。わたしは新郎の母で、ゆっくり話している暇はなかったし」

「どんなささいなことでもいいんです」

「……ごめんなさい」

信子は額に手を当てた。さっきの嫁からの電話が脳裏をよぎる。今度は曾孫の名前が思い出せない。あるいは、こんなふうに竜吉の話も忘れてしまっているのだろうか。

「例の遺体は二体ですが、行方不明の三人と関係があると思いますか」

「わかりません」

「たとえば、その三人に恨みを持っていた人物に心あたりは」

信子はぎゅっと目をつむり、首を横に振った。

「わたしが知っていることは、もうみんなお話ししました」

「でも……」

西ノ森は言いにくそうに口ごもった。

「じつはあなたが話してくださったことで、こちらが調べたことと異なる点があるんです」

「え？」

「あなたがお屋敷を辞めた理由なんですが」

急に頭の中が真っ白になった。青年の申しわけなさそうな声はたしかに耳に届いたのに、何を言われているのか理解できない。

「あの、どういう意味ですか。わたしは母が病気になって……」

「記憶違いじゃありませんか」

「記憶違いって」

「僕が調べたところでは、あなたは」

無意識に耳を塞《ふさ》いでいた。聞いてはいけない。思い出してはいけない。栗田信子の大切な世界が壊れてしまう。

「ああ、ああ……」

「窃盗を働いて解雇されたと」

＊＊＊

悲鳴のような音を立ててガラスが砕け散った。思わず振り上げた手が、水差しを弾《はじ》きとばしたのだ。

信子はその手を振り下ろすのをすんでのところで堪《こら》え、目の前のヒナをにらみつける。

ヒナは平然として、冷ややかに信子を見返している。

昭和十二年、十二月のはじめ。雪でも降りそうな冷たい夜だった。

信子が寝じたくをしていたところに帰ってきたヒナからは、例の独特のにおいがした。葵が絵を描くときのにおい。葵さまのにおい。

「あの、今はどんな絵？」

うらやましくて妬《ねた》ましくて、それでも尋ねずにはいられない信子に、ヒナはするすると着物を脱ぎながらこともなげに答えた。

「ヌード」

「え？」

「裸」

その瞬間、かっと全身が熱くなり、信子は手を振り上げていた。宙で止めた手がぶるぶる震え、食いしばった奥歯が軋《きし》む。

「私をぶつのはお門違いよ。葵さんが望んだことだもの」

「さま！」

かみつくように叫びながら、両手でヒナの襦袢《じゆばん》の襟をつかみ、むしりとるように帯のところまで引き下ろした。ヒナは眉ひとつ動かさず、薄い肩や小さな乳房がむき出しにされるのに任せていた。見慣れているはずの華奢な体がみだりがわしく映る。葵のしなやかな指が明滅するように脳裏に浮かぶ。信子の爪が抉《えぐ》ったのだろう、左の鎖骨の下にじわりと血が滲《にじ》んだ。

「汚らわしい……」

ひび割れた声が喉から勝手に漏れてきた。

「あんたなんか、いかがわしい芸者あがりのくせに。郷里から手紙のひとつも来やしない、じつの親からも捨てられたんでしょ」

自分が何をしているのかわからなかった。ただ、目の前の女が憎かった。頭のてっぺんからつま先まで憎かった。

この顔の傷。大きな醜い傷。こんなものがあってさえ、ヒナは葵さまに求められる。わたしにはそんな傷なんかないのに、泥のついた大根は見向きもされない。ヒナなんかよりわたしのほうが、ずっとずっと葵さまを想っているのに。

「描いてもらいたいなら、あんたも脱げば？　葵さんが望めばだけど」


信子が葵の部屋に忍びこんだのは、翌日のことだった。葵の耳飾りを持ち出し、ヒナの行李《こうり》の中に隠した。こんな女が葵さまのおそばにいるのはもういや。嫌われ、軽《けい》蔑《べつ》され、お屋敷から追い出されてしまえ。

しかしその企《たくら》みは、他ならぬヒナによってあっさりと見破られた。

「盗みだけなら見逃してあげてもよかったけど、やりすぎたわね」

「どうして……」

「あんた、前に働いてた農家でも盗みをやって解雇されたんですってね。念のため行動に気をつけておくように、霜妻さんから言いつかってたのよ」

そんな。声にならなかった。やさしくしてくれたあの人が、わたしをそんな目で見ていたなんて。もしかして他の人たちも知っていたんだろうか。まじめないい子だと言ってくれた姉さん女中たちもみんな、わたしを泥棒だと思って見張っていたんだろうか。

「あんたは葵さんにご執心のようだから、盗むとしたらあの人のものだと思ってたわ」

その名前に、びくっと体が震えた。

「葵さまは、葵さまはこのことをご存じなの？」

「さあね。もう辞めるあんたには関係ないでしょ」

我を忘れてすがりつく信子の手を、ヒナは冷淡に払いのけた。

そして、信子はすみやかに解雇された。慈悲深いあるじの配慮により、表向きは母の病のためという理由で。

風呂敷包みを背負ってひっそりと屋敷を出た。よりによってヒナだけが、命じられて戸口まで見送りに来ていた。空気は肌を刺すように冷たく、葉を落とした木々がさみしげに揺れている。初めてここへ来たとき丘いっぱいに咲いて迎えてくれたすみれは、どこにもない。

「すみれのお城……」

知らずこぼれたつぶやきを聞いて、ヒナはかすかに笑ったようだ。

「知ってる？　すみれの根には毒があるんですって。花はあんなにかわいらしいのにね。この屋敷は毒の花に囲まれてるのよ。毒の花のお城」

のろのろとヒナの顔を見た。頬の傷だけがやけにくっきりと見えた。

かわいい花。毒の花。

逃げるように歩きだした。ふり返ることはできなかった。

＊＊＊

すみれのお城の物語を、自分に都合のいいように頭の中で書き換えはじめたのは、いったいいつからだったろう。歳をとって認知能力が衰えだしてからか、もっと若いころからだったのか。

座卓の上の写真に目を落とす。紫峰一家と書生ふたりの写真。ああ、これもそうだ。頼みこんでもらったものだと思っていたが、そうではない。葵の婚約披露パーティーの夜、太一郎の書斎から盗んだものだ。誰にも知られなかった罪。

いや、本当にそうなのか。ヒナの顔が恐怖とともによみがえった。何もかも見すかしたようなあの目、あの笑み。

「信子さん」

ためらいがちに声をかけられて、自分が震えていたことに気づく。

ヒナならば、人を殺《あや》めることだってやってのけるかもしれない。

ふいに頭に浮かんだ考えを、信子は口には出さなかった。

「たしかに記憶違いをしていました。でも、遺体については何も知りません。心あたりもありません。本当です」

「わかりました。つらい思いをさせてしまってすみません」

西ノ森はいたわるように言い、居住まいを正した。

「今日は貴重なお話をありがとうございました。お体を大切になさってください」

信子は黙って頭を下げた。訊きたいことがたくさんある気がするのに、何も浮かばない。

ひとりになった信子は、ぼんやりと座卓に視線を投げた。

すみれと写真。栗田信子のきれいな思い出。

気がつくと電話が鳴っていた。雨音に混じった呼び出し音は、記憶の中で響くピアノの音色のように遠かった。

□□□

Title：調査報告①

ご依頼の件につきまして、聞き取り調査の結果をご報告いたします。

対象者：本橋（栗田）信子、八十一歳
勤務期間：一九三六（昭和十一）年春〜一九三七（昭和十二）年十二月
当時の年齢：十六〜十八歳

証言の詳細は添付のテキストファイルをごらんください。
重要と思われる点を以下にまとめます。

〈当時、紫峰邸にいた人物〉
・紫峰太一郎（当主）、葵（長女）、桜（次女）、茜（三女）
・市川時生（書生）、御園春彦（同）※一九三七（昭和十二）年に退去

・神山（執事）、霜妻（女中頭）、有働（男性使用人）、相楽（同）、豊子（女中）、千代子（同）、栗田信子（同）、山岸（通いの料理人）とその妻（台所女中）、誠（男性使用人、一九三六年夏より）、唐沢ヒナ（女中、一九三六年十二月より）

〈紫峰一家の死〉
紫峰太一郎、葵、桜、茜は、山手大空襲（一九四五年五月二十五日）により東京で死亡。

〈行方不明者〉
市川時生、御園春彦、唐沢ヒナの三名が行方不明（広瀬竜吉からの伝聞情報で、時期は特定できない）。

いただいた調査対象者のリストにはありませんでしたが、広瀬竜吉からも聞き取りを行うべきと考えます。
なお、次の調査対象は岡林誠を予定しています。

追伸：御園春彦という名前が現れたことにたいへん驚きました。ご説明いただけますでしょうか。

□□□

Title: Re:

報告ありがとうございます。広瀬竜吉も調査対象に加え、引き続き調査をお願いします。

岡林から聞き取りをおこなう際は、一九四三年に開催された戦争画展について詳しく話を聞いてください。

岡林誠

「そんじゃ、俺は自分の部屋にいるから、何かあったら呼んで」

茶托《ちゃたく》なしで茶を出したあと、どたどたと遠ざかっていく足音を聞きながら、岡林は向かいのソファに腰かけた西ノ森に苦笑してみせた。

「大学生になっても落ち着きがなくて」

「やさしいお孫さんじゃないですか」

そう言う西ノ森も、刑事という職業から想像していたよりもずいぶんやさしそうに見える。えくぼのせいかもしれない。年齢は孫とそう変わらないだろう。長身を包んだスーツがまだ板についていない。

「いい時代になったもんです。僕があれくらいのころは、やさしいなんて男に対する褒め言葉にはなりませんでしたから。ああやって髪を茶色に染めて肩に届くほど伸ばして、好きな色や柄の服を着て、そういうのはいいことだと僕は思うんです。もちろん今のほうがたいへんなこともあるんでしょうが」

「岡林さんが若いころというと、紫峰家に勤めていらしたころですね」

「はい。昭和十一年から十八年、西暦で言えば一九三六年から一九四三年になります。満の十三歳から十九歳まで、僕は紫峰家でお世話になりました」

西ノ森の来意は電話で聞いていたから、話すべき内容は整理してあった。録音とメモの許可を求められ、了承する。

「その後は同じX県内で、百貨店に勤めるかたわら、中学で美術を教えておられたんですよね」

「教えるというほどのものではありません。教諭ではなく特別講師という形で、六十まで働かせてもらいました」

西ノ森は応接間の壁の絵に顔を向けた。紫陽花《あじさい》と電車を淡いタッチで描いた水彩画だ。

「この絵は岡林さんが描かれたんですか。個展を開いたり作品集を出したりもなさってるそうですね」

「おはずかしい。下手の横好きで、飾るようなものではないと言ったんですが」

「あたたかい絵ですね。僕は好きです」

「ありがとうございます。電車を見たいと孫にせがまれてよく連れていった場所なんです」

西ノ森に茶を勧め、岡林も湯呑みを手に取った。家族とともに暮らし、趣味の絵を描き、やわらかいソファに座って、梅雨寒に温かい茶を味わう。自分がこんな老後を迎えるなど、どうして想像できたろう。

「僕がお屋敷に雇われた経緯は、信子さんからお聞きおよびですか」

「いえ、詳しいことは」

「では、そこからお話ししましょう」

＊＊＊

僕はお屋敷のある譲町で、零細農の四男として生まれ育ちました。野菜やしいたけを細々と栽培するだけでは生計が立たず、家族みんなで賃仕事をしてどうにかしのいでいました。兄も姉も尋常小学校を出てすぐに働いていましたが、先生の強い勧めがあって、親は無理をして僕を高等小学校へ行かせてくれました。でも結局、合わなくてね。

忘れもしない、あれは七夕《たなばた》のことです。弟たちと釣りに出かけた僕は、岩の上で足を滑らせて川に落ちてしまいました。上流の流れが速いところで、しかも前日の雨で増水していたので、声を上げる間もなくたちまち押し流されました。人並みには泳げたんですが、ああなるとだめなんですね。ただただ流れに振りまわされて、上も下もわからなくなって、水をたくさん飲んで。

気がついたとき、僕は病院のベッドに寝かされていました。親切な人が助けてくれたおかげで、奇跡的に一命を取り留めたのだと聞かされました。とはいえ流されるうちに岩にでもぶつけたんでしょう、体じゅう痣《あざ》だらけで痛まぬところはないくらいでした。とくにひどかったのは左肩で、そのけがのために今でもこのとおり、左腕が肩より高くは上がりません。

助けてくれた人を憶えているかと、医者は僕に訊きました。言われてみれば、びしょ濡れの男を見たような気がしました。僕の顔を覗きこんで、大きな声で呼びかけていたような。彼は川に入って仮死状態だった僕を引き上げ、適切な処置をして蘇生させたうえ、病院に運んでくれたんだそうです。

その人こそ紫峰家の当主、太一郎さまでした。

そうと知った両親は、お礼を申し上げにいくと言いました。あわよくば息子を雇ってもらおうという魂胆もあってのことです。

「だっておまえ、片腕がろくに使えなくて、これから先どうするんだ。頼んでみるだけ頼んでみたらいいじゃないか。何も悪いことじゃないし、だめでも損はしないんだ。それに向こうは大金持ちなんだから、子どもひとり雇うぐらい屁《へ》でもない。紫峰の殿さまは人助けがお好きな人格者なんだ、かえって喜ぶかもしれないぞ」

それが両親の言い分でした。あげくに、旦那さまの最初の処置がまずくてこうなったのかもしれないんだからと言うんです。

「おまえのおつむがよけりゃべつだが」と言われてしまうと、僕は黙るしかありませんでした。高等小学校にまで行かせたからには利口になるはずだと、両親は信じていたんです。でも間違いだった、金をどぶに捨てたも同然だったと、このころには気づいていました。そして僕自身は、もうずっと前からそれを知っていたんですから。

今にして思えば、彼らがとりたてて強欲だったというわけではないでしょう。我が子の将来が心配だったろうし、あれくらいの図々しさがなければ生きていかれなかったろうと理解もできます。でも当時はいやでね。はずかしいと感じていたかは定かでないけれど、そんな感覚だったと思います。

僕がどうにか歩けるようになるなり、父は僕をつれて紫峰のお屋敷を訪ねました。譲町の人間なら誰でも場所は知っています。ただご存じのとおり家屋は丘の上にあって、門のところからは見えませんから、初めてあの坂を登って洋館を目にしたときは驚きました。

ほう、信子さんはどんなふうに？　それは少し大げさですね。たしかに壮麗なお屋敷でしたが、お城と呼ぶほどの大きさではありませんでしたよ。旦那さまは贅沢《ぜいたく》を好まれるかたではなかったし、そんなに広くてはあれだけの使用人ではとても管理できません。

でも美しかったというのは同感です。とくに表階段、ご一家やお客さまが使われる階段ですが、その踊り場のステンドグラスはすばらしかった。乙女《おとめ》がすみれの花に変《へん》化《げ》していくところが描かれていました。あれを見上げることができるから、玄関ホールでの仕事があるとうれしかったものです。

才能……さあ、僕にそんなものがあるのかどうか。絵画や置きものがそこかしこに飾ってあるお屋敷にお仕えするようになって、自分はそういうものが好きらしいとは思いましたけど。美術を楽しむという文化がそれまでの生活圏にはありませんでしたから。

話が前後してしまいましたね。僕と父はしばらく待たされたのち、玄関脇の小さな応接間に通されました。小さいと言っても庶民の感覚とは違いますが、まああまり重要でない客に応対するための部屋ですね。よく門前払いにされなかったものだと思います。同情を引くために、僕たちはいつものぼろを着ていました。僕の包帯や添え木が取れる前に訪ねたのも、同じ理由でしょう。

やがてお出ましになった旦那さまの印象は、僕にとって意外なものでした。川で助けられたときは目もろくに開いてなかったので、父や母の「紫峰の殿さま」という呼びかたや、紫峰家当主、紫峰製薬社長、貴族院議員という肩書から、いかめしい偉そうな人物を想像していたんです。

でも実際の旦那さまは、口もとに笑みを浮かべて、なんとなく愛嬌《あいきょう》があるというか、人がよさそうな雰囲気をかもしておられました。お洋服も一級品には違いないはずですが、こざっぱりとした感じでしたね。中背で線の細い体型も手伝って、部屋の隅に控えていた執事の神山さんのほうが威厳があるくらいでした。のちに知ったところでは、このとき旦那さまは三十八歳で父とそう変わらなかったのに、ずっとお若く見えました。

「調子はどうだい」

気さくな問いかけにとまどいつつ、僕は「おかげさまで」と頭を下げました。すぐさま父が大げさなほどに感謝の言葉を述べ、しかしまだあちこちがひどく痛むようだ、しかも左肩は治る見込みがないらしいと申し添えました。旦那さまは医者の資格もお持ちでしたから、どこかしらに障害が残ることは予想していらしたかもしれません。

「すまないね。少なくとも胸の骨が痛むのは私のせいだ。心臓を再び動かすためには、肋骨《ろっこつ》を犠牲にするくらいの強い力が必要だったものだから。幸い、折れてはいないようだが」

旦那さまは終始、僕に向かって話されていたように思います。ついに父が雇用の件を切りだしたときも、旦那さまは目を伏せていた僕にお尋ねになりました。

「きみの干支《えと》は？」

脈絡のない質問に、僕は困惑しました。そもそも地位も名誉も財産も学もある大人が、なぜ僕なんかと話したがるのか、わからなかったんです。

亥《いのしし》ですと答えると、旦那さまは満足げにうなずかれました。

「私はぼたん鍋が好きでね」

信じられないことに、それは雇ってくださるという意味だったんです。神山さんも驚いた様子で、もう少しご検討なさってはと進言しましたが、旦那さまはその場で決めてしまわれました。

父は逆に不安になったようで、「まさかせがれを喰《く》うおつもりじゃあないですよね」と愚にもつかないことを訊き、旦那さまが笑って否定されると、「ですよねえ、こんな痩せっぽっちじゃ喰うとこもないし、殿さまのお口に合うわけがない」とさらによけいなことを言いました。

あとで知ったんですが、ご一家はげてもの食いだという噂があったらしいんです。本格的な外国のお料理、つまり当時の田舎ではまず口にしないお料理をめしあがることもあったので、そのせいでしょう。料理人の山岸さんはたいへん勉強熱心でね。職人気質《かたぎ》の無口なかたで、話す機会もあまりなかったので、経歴などは知りませんが。

僕はけがが治りしだいお屋敷に住みこむということになりました。家から通える距離でしたが、体が不自由なぶん朝は誰よりも早くから夜は誰よりも遅くまで働きますと、はい、父が。そのほうがうちの家計にとってよかったわけです。

「な、言ったとおりだったろ。殿さまは人助けがお好きなんだって。しかし、ぼたん鍋が好きだからって亥年の子どもを雇うなんてねえ。他には何の肉が好きか訊きゃよかった。うちにはいろいろ取りそろえておりますってな」

父が上機嫌で語るのを聞いて、弟妹が口々に自分の干支を主張したものです。

僕はそのまま二度と高等小学校へは行かず、八月からお屋敷で働きはじめました。仕事は雑用です。草むしりからちょっとした使いまで、男の仕事も女の仕事もなく、言いつけられれば何でもやりました。加えて使用人用の階段や風呂やトイレ、居間などの掃除も、一番下っ端である僕の担当でした。

神山さんの他に住みこみの男性使用人がふたり、有働さんと相楽さんという人がいたんですが、彼らにはずいぶんこき使われたものです。仕事を押しつけられるのはあたりまえで、俺の靴を磨いておけだの、按摩《あんま》をしろだの。ちょっとでも不満げなそぶりを見せたら、すぐに手や足が飛んできてね。いや、あのころの新入りの扱いなんてそんなもんですよ。気のいい人たちでしたよ。

毎日くたくたでしたが、待遇に不満はありませんでした。きれいなお仕着せに三度の食事、何よりありがたかったのは、自分ひとりだけの部屋を持たせてもらえたことです。屋根裏部屋が執事以外の男性使用人に与えられていて、僕の部屋は一番東側、使用人階段に近いところでした。部屋に帰れるのはいつも夜遅くでしたが、部屋に入って扉を閉めると、ほっと息をつくことができました。

いいえ、なじめなかったというのとは違います。僕の性分で、どこでもそうなんですよ、ひとりが好きなんです。大勢でわいわいやるのは苦手だし、このころは親しい友達もいませんでした。暗いやつだとよく言われましたね。

そんな僕を何かと気にかけてくれたのが、書生の市川さんと御園さんでした。行方不明だなんて、お電話でうかがったときは驚きました。

その後、竜吉くんとは？　そうですか、やっぱり社長ともなると忙しいんですね。あ、今は会長でしたか。子どものころから目端が利きそうな雰囲気がありましたが、さすがですね。

彼と話して何かわかったら、僕にも教えていただけませんか。ええ、ヒナさんも含めて、行方不明者について思い当たることはやはり何も。遺体とは無関係だと思いたいですが、無責任なことは言えません。

ヒナさんのことはよく知りませんが、市川さんも御園さんも親切なかたでしたよ。学問をやっている人たちですから、僕が高等小学校を中退したことをとても残念がっていました。

「勤めは卒業してからでもいいと、旦那さまはおっしゃったんだろう？」

お屋敷に上がった日に、市川さんにまず言われました。

「僕なんかが勉強してもむだですから」

「どうして」

「頭の出来が悪いのはよくわかってます」

「なんてことだ。そんなふうに考えちゃいけない」

市川さんは明るい人で、冗談を言ってみんなの心を和ませる名人でした。僕とは正反対のタイプです。

「いいかい、人は誰でも学ぶべきだ。それが仕事や生活に直接には結びつかなかったとしても、必ずきみの人生を豊かにしてくれるから。そうだ、本を貸してあげよう。なんなら僕が教師を引き受けてもいい。騙《だま》されたと思ってやってごらんよ」

目を輝かせる市川さんのかたわらで、御園さんも浅いえくぼを見せて言いました。

「知識を得るのは楽しいし、知識を得ればいろんなことがもっと楽しくなる。誠くんは新聞は読むかい」

僕は首を横に振りました。

「だったら、まずは新聞から始めてみるといいよ。使用人の居間にもあるだろう」

次に顔を合わせたときに、どうだいと訊かれて、僕が新聞に載っていたベルリン五輪の話をしたら、ふたりはそれぞれドイツという国について、五輪の歴史について教えてくれました。その後もいろいろな分野の本を貸してくれたんですが、僕は忙しいと言いわけをして、ふたりが屋敷を出ていってしまうまでついに読まず終《じま》いでした。

そんな生活にもやがて慣れ、二度目の冬を迎えるころだったでしょうか。僕は庭仕事の空き時間に、土に棒きれで絵を描いていたんです。絵というか落書きですが、そういえば小さいころからよくそうやって遊んでいましたね。

それがたまたま葵さまのお目にとまったことで、結果的に僕の人生は変わったんです。

葵さまは当時の女性にはたいへんめずらしいことに洋画、とくに油絵をやられていて、僕に絵の手伝いを命じられました。道具の準備や片づけ、画材の調達、写生のおともなどです。僕は初めて一枚の絵画が作られる工程を見て、絵の描きかたを知りました。存在すら知らなかった『美之國《びのくに》』や『アトリエ』といった美術雑誌、著名な画家の作品集にも触れました。

「作品集のいくつかは玲二おじさまから譲り受けたものなの。彼はもう描くのをやめてしまったけれど、私の最初の先生なのよ」

そのお言葉を借りるなら、僕の先生は葵さまです。葵さまとの出会いが、美術との出会いでした。

僕の命を助けてくださった旦那さまと、美術を教えてくださった葵さま。おふたりは僕の恩人です。

＊＊＊

いったん言葉を切って湯飲みを口に運びながら、岡林は壁の水彩画に目を向けた。まぶたの裏に葵の絵があったため、淡さに一瞬とまどう。

葵はもっぱら油彩だった。派手な色使いと大胆な構図を好んだ。見なくても模写できるほどに、一枚残らず憶えている。

「ヒナさんもモデルという形で、葵さんの絵に関わっていたんですよね」

西ノ森の声に視線を戻す。

「岡林さんの目から見て、ヒナさんはどんなかたでした？」

「申し上げたとおり、彼女についてはよく知らないんです。ともに葵さまの絵のお手伝いをしていたとはいっても、一緒に何かすることはありませんでしたから。それぞれ紫峰家の使用人としての仕事をこなしつつ、僕かヒナさんのどちらかが葵さまのご用を聞くという形でした」

「では、ヒナさんの印象は？」

「屋敷に来た初日から落ちついていて、僕と一歳しか違わないと聞いて驚きました。顔に目立つ傷があったので気の毒だなと思っていましたが、そのくらいですね」

「使用人の中では少し浮いた存在だったと聞きました」

「とりたてて言うほどのことはなかったと思いますよ。ひとりを好んだのは僕も同じですし。たしかに陰口を耳にしたことはありますが、一方で有働さんや相楽さんは、もと芸者の卵だけあって姿がいいとか色気があるとか、よく話していましたよ」

「そうか、やっぱり人によって見かたっていうのは違いますね」

西ノ森は自分を戒めるようにうなずいた。

「令嬢たちについてはどうですか」

「僕からお話しできることはあまりありませんね。葵さまとは思いがけずご縁ができましたが、本来はお嬢さまがたと関わる立場になかったものですから」

岡林はゆっくりと茶をすすった。静かな応接間に音が響く。気温が少し下がったような気がする。

「茜さまのことは信子さんからお聞きになりましたか」

「はい。ご本人もご家族も、とてもお気の毒だったと」

岡林は湯呑みを置いて、底にうっすらと残る濁った液体を見つめた。

「本当にそうです。それでも、あれは不幸の始まりにすぎませんでした。信子さんはいいときに辞めたと言えるかもしれません」

＊＊＊

茜さまがお帰りになった翌年の春、お屋敷にさらなる変化が訪れました。旦那さまが紫峰製薬社長の座を弟の玲二さまにお譲りになり、貴族院議員も辞職されて、軍医に志願されたんです。

「戦争が始まってからずっと考えていたんだ。私は医師になりたいと願い、ヨーロッパに留学までしたが、実際には医師として働くことなく実業家として生きてしまった。それをずっと悔いていたんだよ」

この昭和十三年という年は、国家総動員法が制定された年です。ご時世からすれば賞賛されるべきおこないかもしれませんが、旦那さまは当時もう四十歳でした。兵役から解放される年齢です。

お嬢さまがたの反応は三者三様でした。葵さまは「お父さまはばかよ」とまでおっしゃって反対され、桜さまは「ご立派です」と賛成されました。そして茜さまは、そんなときでもピアノ室にこもってピアノを弾きつづけるばかり。

玲二さまや神山さんは最後まで強くお止めしたそうですが、旦那さまのご意志は変わりませんでした。僕たち使用人は黙って従うほかありません。

ご出発の朝は、使用人全員が玄関ホールに整列し、三人のお嬢さまがたとともにお見送りしました。この朝のことを今でもときどき夢に見ます。なぜ送り出してしまったのかと。何としてもお止めできなかったのかと。

旦那さまは体ごと僕たちのほうを向き、行ってくるよとふだんの調子でおっしゃいました。それから、反目している長女と次女に、ほほえんでお言葉をかけられました。

「葵、おまえには不器用なところがあるね。言葉や態度をもう少し選んでごらん。今よりもっと多くの人が、私のようにおまえを好きになるから。桜、おまえはやさしくて責任感の強い子だ。それは何にも勝る才能のひとつだよ。でも、たまには肩の力を抜くことも忘れずにね」

気まずげにそっぽを向いた葵さまと、背筋を硬く伸ばしてはいと答えた桜さま。対照的なおふたりのご様子に、旦那さまは目を細めておいででした。

最後に旦那さまはもうひとりのお嬢さまの名を口にされました。

「茜。かわいい茜。おまえが幸せでないことが、お父さまには何よりつらい。今のおまえにしてやれることを一生懸命に探したが、見つけられないまま旅立つことを許しておくれ。かわいい茜。どこにいても何をしていても、お父さまはいつもおまえを想っているよ」

旦那さまのまぶたが震えていました。思えば、茜さまに対する無力感が、旦那さまを戦場へ駆り立てたのかもしれません。せめて救える誰かを救いたいと。

「きっと帰っていらしてね。私がお父さまのお声を忘れてしまう前に」

茜さまのお声は場違いに明るいものでした。その体をぎゅっと抱きしめられた旦那さまは、どんなお顔をなさっていたのか。

旦那さまは満州へ旅立っていかれました。そして、お屋敷には三人のお嬢さまだけが残されたんです。

このときを境に、葵さまと桜さまの対立はいっそう深まっていきました。もともと不仲でしたが、それまでは旦那さまの存在が抑えになっていたんでしょう。

そして、事件が起きてしまったんです。

十一月になったばかりのある日のことでした。憲兵がお屋敷を訪ねてきて、御園春彦の行方《ゆくえ》を知らないかと訊きました。ええ、その前の年に大学を卒業してお屋敷を出た、もと書生の御園さんです。やつにはアカの疑いがある、と憲兵は言いました。

西ノ森さんの年齢でご存じかどうか、アカというのは共産主義者や社会主義者を指す隠語です。当時は反ファシズム、反帝国主義、反戦主義といった考えを持つ者は一緒くたにアカと見なされ、国家に反逆し治安を乱す存在として検挙の対象でした。反軍的と見なされた小説が時局がら不穏当だとして発禁処分を受けた時代です。

御園さんがそうだったのかどうか、僕は知りません。彼がお屋敷を出てからは会ってもいないし、就職した病院にいないのならどこにいるのかもわかりません。居間に集められた使用人は、全員が同じ答えでした。

一方お嬢さまがたは応接間で応対されたんですが、憲兵が引きあげたあと、応接間から言い争う声が聞こえてきました。

「アカだなんて！　志願して従軍されているお父さまが知ったらどうお思いになるか」

「お父さまなら、決めつけるのはよくないとおっしゃるわよ。異なる主義を一緒くたにするのは間違いだともね。あなたのように感情的にわめきたてるのではなくて」

上のふたりのお嬢さままでです。何ごとにおいても意見が合うことはまずないおふたりでしたが、旦那さまの入隊に対する反応にも表れていたように、桜さまがお国を信じていたのに対し、葵さまは懐疑的でした。大ざっぱに括《くく》れば、軍国主義と反軍国主義ということになるでしょうか。

誤解のないように言っておくと、当時は桜さまの考えかたのほうがふつうでした。戦争は海の向こうのことで、国内では生活もまだ窮乏しておらず、戦勝の報が入るたびに日本中が歓喜に沸いたものです。僕もそのひとりでした。

「お姉さまはあの人を庇《かば》うの？」

「事実かどうかわからないと言っているだけよ」

「じゃあなぜ憲兵さんがいらしたの」

「あなた、憲兵は必ず正しいと思っているのね」

「お姉さまはむやみに疑っていらっしゃるわ」

「憲兵がきらいなのよ。あの腕章を見るだけで虫酸《むしず》が走るわ」

「なんてことを」

「前にも言ったでしょう、軍人はきらいなの」

「その軍人の妻になるんでしょう。正式に婚約した身なのよ。無責任な娘時代とは違うのよ」

「あなたが婚約すればよかったわね」

使用人たちは自然に応接間の前に集まりました。野次馬根性というよりは、不安に駆られてのことだったと思います。御園さんはひとつ屋根の下で暮らしていた人でした。それに、茜さまの異常と姉妹の不仲で、お屋敷はもうずっといやな緊張感に包まれていました。知らず知らずのうちに、誰もが不安定になっていたのかもしれません。

扉は開けっ放しでした。ソファで脚を組んだ葵さまと、立ちあがった桜さま。どうにか宥《なだ》めようと右往左往する神山さん。茜さまは少し離れて座り、腿《もも》に頬杖をついて、それを楽しそうに見物していました。

「お姉さまはどうしてそうなの。紫峰家のもと書生がアカだったのよ」

「かもしれない、よ」

「あの人は紫峰家の世話になっておきながら、お父さまの顔に泥を塗ったわ。一緒だった市川さんの顔にも。何より、紫峰家の体面を汚したのよ」

「体面を汚したですって？　まあ、あなたってずいぶん偉いのね」

霜妻さんが神山さんの加勢に入りましたが、おふたりを止めることはできませんでした。残りの僕たちはただおろおろと見守るばかりでした。

「あなたまさか、もし御園さんから連絡があったら憲兵に報せるつもり？」

「臣民の義務よ」

「家族のように暮らしてきた人を売るのね。体面がどうのと聞いて呆《あき》れるわ。そっちのほうがよほど恥知らずよ」

「侮辱だわ。撤回してください」

「あなたは自分の価値を勘違いしている。いえ、思いこもうとしていると言うべきかしら」

「何を言っているの」

「お国だの家だのをあがめたてまつるのは、そういうものに認めてもらうことでしか、自分の価値を証明できないからよ。だってあなた個人には何の才能もないから」

「いいかげんに……」

「ただの紫峰桜に価値はないから」

　桜さまは低いうなり声とともに、とうとう葵さまにつかみかかりました。あの獣《けもの》のような声が桜さまの喉から出ていたとは、今思い返しても信じられません。

「あら、図星ね！」

「黙りなさい！　何さまのつもり？　いつもいつもいつも私を見下して。自分だって本当は才能なんかないくせに」

「何ですって？」

「知ってるのよ。学校を辞めたのは、教授と男女のことで揉《も》めたからでしょう。ばれていないと信じていたの？　かしこぶってるわりにおめでたいわね。ふしだらで、つまらない女！」

　横っ面を張られた桜さまがテーブルの上に倒れこみ、紅茶のカップが床に落ちて割れました。桜さまは灰皿に手を突っこみ、憲兵の残していった吸いがらをわしづかみにして、葵さまの顔面に叩きつけました。葵さまの首飾りが弾《はじ》けとび、桜さまの長い髪がばらりとほどけ、どちらのものともわからない罵声と悲鳴が飛びかって……。

　なぜ僕はただぼんやりと突っ立っていたのか。たぶん、あまりのことに頭がどうにかなっていたんでしょう。僕だけでなくみんな。

いつのまにか葵さまの手に小刀が握られていました。応接間のどこにどうして小刀があったのか、いまだにわかりません。あっと思ったときには、桜さまの髪が切られていました。美しい黒髪がひと房、耳の下からざっくりと。

我に返ったらしく、葵さまは青ざめて小刀を取り落とされました。桜さまは短くなった髪をぐしゃりとつかみ、床に座りこんでしまわれました。息をするのもためらうほど張りつめた空気のなか、茜さまだけが声を弾《はず》ませておっしゃいました。

「お姉さまたちのおかげで、とってもおもしろい音楽ができそう」

姉妹は完全にばらばらになってしまったんです。

しかも事件にはまだ続きがありました。

その日の深夜、眠れずにいた僕は無性に表階段のステンドグラスが見たくなって、玄関ホールへ向かいました。するとそこには先客がいたんです。灯りはついていませんでしたが、前方から聞こえてくる声で、桜さまが電話をしておられるのだとわかりました。ええ、玄関ホールに電話があったんです。

こんな時間にといぶかるより早く、内容が耳に届いて、僕は驚いて足を止めました。電話の相手はどうやら昼間の憲兵で、話しているのは葵さまのことでした。

「姉にはアカの傾向があります」

口調に迷いはありませんでした。声をひそめてさえおらず、心なしか笑っているようにも聞こえました。おそるおそる様子をうかがうと、受話器を持ったのとは反対の手で切られた髪をきつくつかんでいて、ぞくりとしたのを憶えています。笑っていたかどうかはわかりません。十五の僕にはどちらとも判断がつかない表情でした。

なんにせよ、たいへんなことになったと思いました。桜さまが葵さまを密告した。明日には憲兵が押しかけてきて、葵さまは逮捕されてしまうかもしれない。

僕は足が震えてくるのを叱咤《しった》して、音を立てないように自分の部屋へ戻りました。そして翌日、葵さまだけにそのことをお話ししました。他にどうすればいいかわからなかったんです。

葵さまのご判断は、ご自分の描かれた絵をすべて焼くというものでした。反体制的と受け取られかねない絵があるからとのことでしたが、僕は思わず反論しました。

「なにもすべて焼かなくても」

鳥や花やヒナさんを描いた絵が反体制的とは思えません。

「驚いたわ。あなたが意見するなんて」

「申し訳ありません」

「いいえ、私ももちろん不本意だもの。でも、あのいやらしい腕章をつけた連中にかかったら、白も黒になる。疑われたら終わりなのよ」

「ですが……」

我ながら思いがけないしつこさでした。自覚していた以上に、僕は葵さまの絵が好きだったようです。

いいのよ、と葵さまはほほえまれました。その笑顔に何か感じるものがあって、僕は言葉を飲みこみました。うまく表現できませんが、いつもの自信に満ちた、人によっては意地悪そうにも見えるらしい笑顔とは、あきらかに違っていたんです。

「それに桜の言ったとおりだから」

「桜さまの？」

密告のことだと思ってぎくりとしました。つまり、葵さまはご自分がアカだとおっしゃっているのだと。

僕はもう何も言えず、命じられるままに絵を焼くお手伝いをしました。そんな理由で絵を焼かなければならない国や時代に、激しい憤りを感じながら。

あれはそういう意味ではなかったのではないかと気づいたのは、ずっとあとになってからです。葵さまが指しておられた桜さまのお言葉とは、応接間でのあの一言ではなかったかと。本当は才能なんかないくせに——思い返せば、葵さまが本当にお怒りになったのはあの瞬間だったかもしれません。

今となっては真実はわかりません。ましていち使用人にすぎない僕に、お嬢さまがたのお心の内を見通せるはずなどありません。ただ、あのときの葵さまのほほえみが、僕にそんな想像をさせるんです。

＊＊＊

「葵さんの絵は一枚も残ってないんですか?」

「ええ、おそらく」

「僕も見てみたかったなあ」

本当に残念そうな西ノ森を、岡林はまぶしいような思いで見た。孫はもっとあけすけだが、若者のすなおな感情表現に触れるのは気持ちがいい。彼らよりもう少し若いころの自分はそうではなかった。

「でも、すべて焼いたおかげで憲兵の目をかわせたんですよね」

「いえ、それが憲兵は来なかったんです。理由は知りようもありませんが、やはり紫峰家の人間においそれと手を出すわけにはいかなかったんじゃないでしょうか。書生ならともかく葵さまは本家のお嬢さまですし、お父さまはもと貴族院議員、婚約者は陸軍のエリート士官ですから」

「なるほど。不幸中の幸いでしたね」

ええ、と応じつつ岡林はため息をついた。たしかにそのとおりなのだが、幸いと感じた憶えがない。そのあとになおも襲ってきた不幸に、記憶が塗りつぶされてしまったのかもしれない。

「西ノ森さんのお身内に戦争に行かれたかたは？」

唐突な問いかけだったか、西ノ森は目をしばたたいた。

「父方の祖父が」

「僕はこの肩のおかげで行かずにすみました。今でこそこんなふうに言えますが、当時はなさけなかったし、肩身も狭かったですよ。もう何年かすると、まわりの男たちはみんな兵隊になって出征していきましたから。でも、じゃあおまえも行きたいかと訊かれていれば、答えはいいえでしたね」

岡林は言葉を切って目を閉じた。西ノ森は急《せ》かさずに黙って続きを待っている。

――私はぼたん鍋が好きでね。

初めて屋敷を訪ねた日、そう言った太一郎の顔がふいに浮かんだ。はっと目を開けて息を吸う。うまく吸えていない感じがある。

「昭和十四年の春、旦那さまが戦地から帰ってこられました」

* * *

昭和十四年は西暦でいえば一九三九年、第二次世界大戦が始まった年です。日本では日中戦争の長期化で、国家総動員体制が強まっていました。物資が不足して、生活のしめつけも厳しくなってきましてね。「ほしがりません勝つまでは」の始まりとでも言えば伝わるでしょうか。

旦那さまをお迎えするお屋敷も、ずいぶん質素に様変わりしていました。使用人も減りましてね。有働さんは兵隊に取られ、豊子さんと千代子さんは「産めよ殖やせよ国のため」の声に押されるようにしてあわただしく嫁いでいき、残ったのは神山さん、霜妻さん、相楽さん、ヒナさん、僕、それに通いの山岸夫妻だけになっていました。

旦那さまのご帰還は、本当に久しぶりにもたらされた明るい報せでした。一年で十も老けこんだようだった神山さんが、がぜん若返ってきびきびと指示を出しました。節米が奨励されていましたが、蓄えてあった白米が惜しみなく炊かれました。旦那さまさえお帰りになれば何もかもよくなる。僕たちはそう信じていたんです。

ところが……あのときのショックは言葉では表せません。ご出立のときと同様、玄関ホールに整列した我々の前に現れた旦那さまは、車椅子に乗っておいでした。げっそりと痩せて顔色が悪く白髪だらけで、あの若々しかったかたがまるで老人のようでした。

旦那さまは脚を負傷され、おまけに視力を失っておられたんです。車椅子を押してきた軍人によれば、脚は訓練によってある程度までの回復が見こめるが、目は絶望的だということでした。

用意していた「お帰りなさいませ」を、誰も口にすることができませんでした。「ただいま」とほほえんでくださるはずだった旦那さまが、生気のないうつろな表情で、見えない目をご自分の腿のあたりに落としている。突然つきつけられた現実に打ちのめされて、僕たちはただ立ち尽くしていたんです。

旦那さまはお嬢さまがたにさえお言葉をかけられることなく、夕食もめしあがらずにお休みになりました。

そして翌日、三つのことをお命じになりました。旦那さまの寝室と書斎を一階に移すこと。表階段のステンドグラスをふつうのガラスに替えること。庭のすみれを残らず抜いて焼いてしまうこと。

ひとつめはわかります。残りのふたつについて、旦那さまは「ステンドグラスだの花だのを愛《め》でているときではないだろう。庭は畑にするのがいい」とおっしゃいました。しかし美術品のたぐいは他にもあったし、すみれは放っておいてもまもなく時期が終わります。ましてその年のすみれはとくに美しく、それは旦那さまが帰っていらしたときに喜んでいただけるようにと、桜さまが丹精してお世話をされたからでした。ですが神山さんがそれをお伝えしても、葵さまが反対なさっても、命令は撤回されなかったんです。

ステンドグラスをふつうのガラスに替えるのは費用がかかりすぎるということで、おおいをかぶせて隠すことになりました。僕はあのステンドグラスが好きだったので、見られなくなるのは残念でしたね。

でも、すみれを焼くときのほうがつらかった。根から掘り起こして焼いてしまうようにというご命令でしたから、夏も近づく晴天の下、汗みずくになってシャベルを使いました。花壇を抉《えぐ》り、鉢をひっくり返し、ときには芝生も剝《は》がして、文字どおり根こそぎにしたんです。

葵さまと桜さまも手伝ってくださいました。あなたたちだけにやらせるわけにはいかないと強くおっしゃって。

抜いたばかりのすみれの根に、葵さまの小さな声が落ちました。

「マンジュリカ」

「え？」

「すみれの学名よ。満州の、という意味」

僕ははっとしました。満州。旦那さまが出征なさっていた場所です。旦那さまはそこで脚の自由と視力を失われた。きっと数えきれないほどのむごい光景をごらんになったはずです。考えてみれば、あのステンドグラスにもすみれが描かれていました。離れたところで作業をなさっている桜さまのお姿が見えました。帽子を深くかぶって、泣き腫らした目を隠そうとなさっているようでした。

旦那さまがすみれを厭《いと》われる理由を、お嬢さまがたはわかっておいでだったんです。だから葵さまも強く反対しきれなかったんでしょう。

夕焼け空の下に乾燥させたすみれを積み上げて、火をつけました。私にやらせてくれと神山さんが言いました。使用人は全員そろっていました。葵さまも桜さまもいらっしゃいました。このときには茜さまもいらして、ぱちぱちと乾いた音を立てるすみれをじっと見つめておられました。そしてお屋敷に目をやると、旦那さまの書斎の窓に人影がありました。

ひからびた花はたちまち炎に包まれました。

ああ、すみれが燃える。とりかえしのつかない何かが失われたような気がしました。まるですみれのお葬式ね。誰かがつぶやいた言葉が胸に残りました。

僕たちはみんなですみれを見送りました。炎をまとった最後のひとひらが舞い上がり、燃えつきてしまうまで。

それからのお屋敷は、まるで喪に服しているようでしたよ。

夏がすぎ秋がすぎても、旦那さまは塞ぎこまれたままでした。訓練のかいあって杖をつけば歩けるようにはなったものの、ほとんどご自分のお部屋から出ようとなさらず、お声を聞くことすらまれという状態が続きました。夜は強い睡眠薬を常用されていたようです。

献身的にお世話をなさっていた桜さまが、しだいにお疲れになっていくのがわかりました。葵さまも最初はよくやっておられましたが、やはりおつらかったんでしょう、おひとりで誰にも行き先を告げずにお出かけになるのが日課のようになりました。旦那さまさえお帰りになればと信じていた使用人たちも、希望はとうにぺしゃんこになって、暗い顔で黙々と仕事をこなすだけになっていました。かすかに漏れ聞こえる茜さまのピアノは、葬送曲と言えたかもしれません。

そんなお屋敷に訃報がもたらされたのは、年も押しつまり、とうとう木炭までもが配給制になったころでした。葵さまの婚約者、間宮顕臣さまが戦死なさったんです。お屋敷はさらなる悲しみに包まれました。どこにいても誰かしらのすすり泣く、あるいは号泣する声が聞こえました。

望んだ婚約ではなかったとはいえ、葵さまのお嘆きは深かったようです。従兄ということもあるでしょうが、あれほど打ちひしがれるとは。茜さまが変わってしまわれ、桜さまとの関係は修復不可能なほどに悪化し、例の憲兵の一件以降は絵もめったに描かれなくなり、さらに旦那さままであのようなことになって、ご心境に変化があったんでしょうか。

その夜遅く、お屋敷の一角で火の手が上がりました。のちに判明したことですが、葵さまが衝動的に自殺を図って、ご自分の部屋に火をつけたんです。

使用人総出で消火と救出に当たり、葵さまはなんとかお助けすることができました。しかし葵さまのお部屋は全焼したうえ、葵さまのみならず、桜さまと茜さままでもが大火傷《おおやけど》を負ってしまわれました。お部屋が近いのでいち早く駆けつけて、巻きこまれたんです。さらに一階で眠っておられた旦那さまも、睡眠薬が災いしてか逃げるのが遅れ、昏睡《こんすい》状態に陥ってしまわれたんです。

旦那さまは数日後に意識を取り戻されました。ですがお嬢さまがたは、よりによってお顔の火傷がひどく……。加えて茜さまは両手も重傷で、もうピアノは弾けないということでした。

それ以来、お嬢さまがたはお顔を頭巾でおおい、茜さまは手袋をはめて、生活されるようになりました。火傷のために挺身隊《ていしんたい》への参加も免除され、外出はほとんどなさらず、世間から隔絶した暮らしでした。

とはいえ悪化していく戦況に、お屋敷もまったく無関係ではいられません。かつてのすみれの庭は芋やかぼちゃの畑になり、食卓には道端の雑草が並ぶようになりました。相楽さんと山岸さんが出征し、山岸さんの奥さんも辞めました。

そして、とうとう僕にもお屋敷を離れなければならないときが来たんです。昭和十八年の春。雇っていただいてから丸七年がたとうとしていました。

最後にお嬢さまがたおひとりずつにご挨拶をさせていただきました。旦那さまはおかげんが悪くお会いできなかったんです。葵さまは美術雑誌の一部を僕にくださいました。桜さまは「今まで当家のためにありがとう。これからはお国のために励んでください」とおっしゃいました。茜さまはバルコニーから庭を眺めておいでしたが、お声をおかけするとふり返って「ごきげんよう」と……。お嬢さまがたとはそれきりです。

十九歳になっていた僕は、地元の金属加工工場で働きはじめましたが、自分と家族が食べていくので手いっぱいで、お屋敷のことを気にかける余裕は持てませんでした。すっかり疎遠になってしまったんです。

ご一家が亡くなったと知ったとき、心の底から後悔しました。

僕は恩人を見捨ててしまったんです。

自分が涙を流しているのに気づいて、岡林はあわてて顔を拭った。

「すみません、みっともないところを」

「いえ、つらいお話をさせてしまって。お嬢さんたちが火傷を負ったあたりから泣いておられましたね」

「……そうですか」

西ノ森がペンを構えなおした。

「岡林さんがお辞めになったとき残っていた使用人は、執事の神山さん、女中頭の霜妻さん、女中の唐沢ヒナさんで合ってますか」

「はい。神山さんはたしか僕より少しあとに辞めて、娘さんの近くに引っ越されたんじゃなかったかな。高齢でしたから」

「行方不明になっている唐沢ヒナさんですが、岡林さんが最後に姿を見たのは、お辞めになったときですか？」

「そうです」

「他のふたりの行方不明者、市川時生さんと御園春彦さんについては？」

＊＊＊

「ふたりとも昭和十二年にお屋敷を出ていったときが最後です。じつは御園さんに関しては、火事があった日にお屋敷の近くで見かけたといううわさがありました。火事はあいつの放火じゃないかと。彼がアカの疑いをかけられていたことは知られていたので、無関係なことでも怪しまれてしまったんでしょう。もちろん火事は御園さんのしわざではないし、目撃情報に信憑性《しんぴょうせい》はないと思います」

岡林は湯呑みを手に取ったが、茶はもう残っていなかった。喉が少し腫れているように感じる。百貨店に勤めながら中学で美術講師のようなことをしていたときも、こんなに長くひとりで話しつづけた経験はない。

メモを取った西ノ森がノートから顔を上げる。

「その火事から四年後の一九四三年、昭和十八年ですね、岡林さんがお辞めになった年ですが、葵さんが戦争画展で入賞してますよね」

岡林はテーブルに湯飲みを戻した。

「ああ、そういえば聞きました」

「そういえば、ですか？　展示は全国各地を巡回するもので、X県内にも来たはずですが、観にいかれなかったんですか？」

「さっきも申し上げたように、そのころは目の前の生活で手いっぱいだったものですから。当時の記憶もどうもあいまいで」

「葵さんは絵をめったに描かなくなっていたんですよね。なぜ戦争画展に出品したんでしょう」

「さあ、お屋敷を離れてからのことは。それは遺体の身許捜査と関係があるんですか?」

今の段階では何とも、と西ノ森は言葉を濁した。

「入賞した葵さんの絵なんですが、所在不明なんですよ。『祈り』というタイトルだったこと以外、何もわからないんです。何かご存じないですか」

すみませんと岡林は答えたが、西ノ森も期待してはいなかったようだ。軽いため息をついて壁の絵に目を向ける。

「葵さんはもっぱら油彩だったということでしたが、岡林さんは水彩のほうがお好きなんですか? 出された作品集も水彩でしたよね」

「ええ。水彩ばかり一辺倒です」

「絵の勉強は、他のお仕事をされながらですよね。二重のハンデも乗り越えて、本当にすごいことだと思います」

岡林ははっと目をみはった。

「……二重?」

一瞬の間のあと、しまったというように西ノ森の顔がこわばる。

その顔を岡林は凝視した。
「西ノ森さん、あなたはまさかあのことを……」

＊＊＊

七月だというのに上流の水は凍るように冷たかった。たちまちこわばった手足にぼろの着物がまといつく。すさまじい水の勢いに押され、引っぱられ、回転する体がちぎれそうになる。苦しいだの痛いだのはすぐに感じなくなった。本能的な恐怖も消えた。川底に引きずりこまれながら、死ぬんだとぼんやり思う。死ねるんだ、これでようやく……。

落ちたのではなかった。昭和十一年の夏、十三歳の岡林は、みずから川に飛びこんだのだ。

いくつになっても読み書きができないことで、ばかだばかだと言われてきた。文字というものが奇妙な模様にしか見えず、憶えることもできない。年下の子どもにも笑われ、自分より鈍いやつがあたりまえに教科書を読むのを見て落ちこんだ。教師のほとんどからは努力が足りないのだと叱られた。自分がはずかしく、下を向く癖がついていた。

ひとりだけ岡林をばかじゃないと言った教師がいた。きみにはものを理解する力も考える力もちゃんとある。他の子たちより優れているくらいだ。読み書きができないのには何か別の理由があって、学問を続けていけば解決策だって見つかるかもしれない。自分をあきらめちゃいけない。

うれしかった。信じてみようと思った。その教師の強い勧めに従って高等小学校へ進み、教科書を弟や妹に読んでもらって、一生懸命に勉強した。

だが、間違いだった。どんなに努力しても、読み書きができない子どもはやはり落ちこぼれていった。理解してくれる教師はおらず、級友からは見下されいじめられた。親は落胆し、進学に反対していた兄たちはそれ見たことかと吐き捨てた。

死のうと考えたのは一度や二度ではない。学校を辞めたって、この問題は一生ついてまわるだろう。なかなか踏みきれずにいたが、前日の雨で増水した川を見下ろしたとき、今だと思えた。

もう苦しまなくていい、そのはずだったのに。

死に損ねたあげくに肩に障害を負った岡林は、なりゆきに任せて紫峰家で働きはじめた。わざわざ逆らう気力はなかった。

二重のハンデを抱えての奉公は困難を極めた。とくに読み書きができないことは隠していたから、しばしばおかしな質問や受け答えをしてへんな顔をされた。これを買ってこいと渡されたメモが読めずに、肉屋へ行くべきところを八百屋へ行ってメモを見せ、おっちょこちょいのふりをしたこともある。もっと大きな失敗がいくらでもあった。

人間関係も苦痛だった。もともと人と接するのは苦手だし、話すのもうまくない。同じ男性使用人の有働と相楽は乱暴だった。有働は酒好きで、酔っ払うとよく岡林を殴った。相楽は賭けごと好きで、負けて帰ってくると憂さ晴らしにやはり岡林を殴った。痣《あざ》が服の下に隠れるところを選んで。

そんなときは父親の言葉が頭をちらついた。紫峰の殿さまは人助けの好きな人格者だ、なにせ前科者を雇ってやるくらいだからな。有働は過去に強盗を働き、相楽は酔っ払いどうしのけんかで人を刺したのだという。他にも、女中の信子は窃盗を、女中頭の霜妻は看護婦時代に重大な医療過誤を犯したという話だった。さらに料理人の山岸も、前に勤めていた店の主人に暴行を働いたらしい。

だが、有働と相楽よりももっと岡林を苦しめたのは、市川と御園だった。お節介な書生たちは、自分をばかだと言う子どもに執拗《しつよう》に学問を勧めた。あの尋常小学校の教師と同じ。彼らが与える希望は絶望の種だ。岡林は他の使用人たちの会話を聞いて、新聞を読んだふりをした。ひどくみじめだった。

他人も自分もいとわしく、生きていてもいいことなどひとつもない。

自分の命を救った男を岡林は恨んだ。太一郎がよけいなことをしなければ、こんな苦しみを味わわずにすんだのだ。太一郎は前科者に手を差し伸べるのと同じ気持ちで、かわいそうな岡林を雇ったのだろう。恵まれた人間ゆえの鈍感な善意。

そんな岡林の心を、茜は見抜いていた。

「苦しいのね」

奉公して一年がすぎたころ、鈴を転がすような声が頭上から降ってきて、顔を上げると、茜が表階段のステンドグラスの前に立っていた。当惑する岡林を見下ろして、天使のようにほほえんでいた。

「解放されたいんでしょう？　あなたも」

その言葉の真意をたしかめることは、ついにできないままだった。

彼女のピアノの音は永遠に絶えた。

燃えてしまった六本脚の黒いグランドピアノ。

その足もとに横たわるふたりの遺体。

焼け焦げた茜の喉には小刀が突き立っていた。

＊＊＊

――これは秘密よ。

ヒナの声がよみがえり、岡林はきつく目をつむった。まぶたの裏でさまざまな色が混ざり合ってめまいがする。階段のステンドグラス。ピアノの残骸。そして、焼け焦げた顔。

「すみません！」

大きな声に目を開けると、西ノ森が深々と頭を下げていた。

「識字障害のことは事前の調査で知ってたんです。知られたくなかったことを無遠慮に口にしてしまって、本当に申しわけありませんでした」

岡林は体の力を抜き、ゆっくりと息を吐いた。

「お気になさらず。しかしよくわかりましたね。そのことはずっと隠してきたから、ごく限られた人間しか知らないはずです」

百貨店に勤めていたときも、ばれないように細心の注意を払っていた。偶然それを知って何くれとなく助けてくれた女性が、三年前まで四十年以上つれそった妻になった。

すみません、と西ノ森は小さくなった。情報源は教えてもらえないらしい。

丁重に礼を述べる刑事を玄関で見送った。

応接間にもどろうとしたとき、廊下の電話が鳴った。どたどたと階段を下りてきた孫が取り、岡林を見てちょっと眉をひそめる。

「じいちゃん、なんか顔色よくないよ」

受話器を受け取って耳に当てると、年老いた女の声が聞こえてきた。

「あの、岡林誠さんですか？　わたし、栗田信子といいますが」

思いがけない名前に、なつかしさよりもなぜか胸騒ぎを覚えた。

「……信子さん。お久しぶりです、岡林誠です」

「よかった。あの、突然ごめんなさいね。図書館の電話帳で調べてかけたんです。今もX県にお住まいだったら、男の人だから載ってるんじゃないかと思って。もう譲町にはいないのね」

おどおどしたしゃべりかたは変わらない。信子は西ノ森の訪問を受けたことを、とつとつと話した。

「でも息子がね、その人あやしいんじゃないか、本当に刑事なのか、何かの詐欺じゃないかって言いだして、X県警に問い合わせたの。そしたら西ノ森なんていう刑事はいないって。何も取られたりはしてないんだけど、いったいどういうことなのかしら」

激しい衝撃を受け、岡林はふらついて電話台に手をついた。

西ノ森が刑事ではなかった。では彼はいったい何者で、なぜ紫峰邸から出た遺体について調べているのか。

誰かが秘密を暴こうとしている。

「時間がたつほどに怖くなってきたの。遺体に心あたりなんかないけど、わたしが考えなしにしゃべったことが、ひょっとして何かご一家のご迷惑になってたらどうしようって。それに、記憶違いで事実と違うことを言ってしまったかもしれない。このごろ自分の頭にちっとも自信が持てないのよ」

三つ違いの信子の不安は、岡林にもよく理解できた。衰えてきた自覚がある。どうにかあたりさわりのない言葉をかわして通話を終えたあとも、岡林はその場から動けなかった。動悸《どうき》がして、全身がじっとりと汗ばんでいる。

応接間の湯飲みを片づけた孫が、リビングのテレビをつけたようだ。ニュースらしき音声に、岡林ははっと耳をそばだてた。

「次のニュースです。X県、西X市、譲町の市有地から新たに遺体が発見されました」

「あ、これってじいちゃんが働いてたとこ？　また？」

孫の声を聞きながらリビングに飛びこむ。テレビには荒れはてた洋館が映し出されていた。

「こちら現場です。こちらでは敷地の整備工事が進められていましたが、五月にふたりの遺体が発見されたことにより一時中断されていました。本日、工事を再開したところ、新たにひとりの遺体が発見されたということです」

「三人めの遺体……」

——あなたたちのやっていることは犯罪だ！　人の道にもとる行為だ！

記憶の水底から、市川の悲痛な声が響いてくる。太一郎のうつろな顔、ヒナの冷たい目が浮かびあがってくる。

激しいめまいに襲われ、岡林は床に倒れこんだ。孫が大きな声を上げて駆け寄ってくる。

窓の外では、音もなく降りだした雨が庭の紫陽花を濡らしていた。こんな日はヒナを思い出す。周囲と交わろうとせず、感情を表に出さず、常に霧雨《きりさめ》のベールに包まれているようだったひとつ年上の娘。

薄れていく景色のなかで、ヒナが人差し指を唇の前に立てた。

□□□

Title: 調査報告②

ご依頼の件につきまして、聞き取り調査の結果をご報告いたします。

対象者：岡林誠、七十八歳
勤務期間：一九三六（昭和十一）年夏〜一九四三（昭和十八）年春
当時の年齢：十三〜十九歳

証言の詳細は添付のテキストファイルをごらんください。
重要と思われる点を以下にまとめます。

〈三人の失踪者について〉
・市川時生……一九三七（昭和十二）年に従軍して以降はわからない。
・御園春彦……一九三八（昭和十三）年に、アカの容疑で憲兵が行方を捜していた。

また一九三九（昭和十四）年十二月の火事の日に、紫峰邸付近で目撃情報があった（信憑性に疑いあり）。
・唐沢ヒナ……一九四三年春の時点では屋敷に勤務。

〈間宮顕臣の死〉

一九三九（昭和十四）年十二月、間宮顕臣が戦死。


〈火事〉

同年同月、火事により葵の部屋が全焼。葵が自殺を図って放火したことによる。三姉妹は顔などに大火傷を負った。


一九四三年の戦争画展について詳しく聞くようにとのご指示でしたが、岡林から有益と思われる情報は得られませんでした。

また、すでにご存じかと思いますが、岡林誠から聞き取りを行った直後に、紫峰邸の敷地内から新たな白骨遺体が発見されました。これも合わせて調査しますので、何か留意すべき点があればお知らせください。

次の調査対象は山岸皐月を予定しています。

追伸：御園春彦について、ご説明はいただけないのでしょうか。

□□□

Title: Re:

少し体調を崩しており、返信が遅くなってしまいました。
報告ありがとうございます。引き続き調査をお願いします。
戦争画展については山岸皐月からも話を聞いてください。

なお、別途調査会社への依頼により、以下の情報を得ています。

・紫峰太一郎、葵、桜、茜、間宮輝子《てるこ》（伯爵夫人）……一九四五年五月二十五日、山手大空襲により戦災死。太一郎、葵、桜、茜は、空襲後に他の多数の犠牲者とともに仮埋葬され、遺体の行方は不明。

・間宮顕臣、有働千吉《せんきち》、山岸丈吉《じょうきち》、相楽次郎《じろう》……戦死。

・神山三嗣《みつぐ》、霜妻キク、町田《まちだ》豊子、大谷《おおたに》千代子、間宮耕四朗《こうしろう》（伯爵）……太平洋戦争後に病死または自然死。

山岸皐月

　入り口に吊《つ》るしたベルを響かせて、山猫亭《やまねこてい》に西ノ森が飛びこんできたのは、午後三時を少しすぎたころだった。

「遅れてすみません」

　梅雨の晴れ間の強い日差しを背に、額の汗を光らせて頭を下げる。

「そんなに急がなくてよかったのに。こっちは仕込みのためにどうせ店にいるんだから、営業時間外なら何時でもよかったのよ」

　皐月はエプロンで手を拭きながら、西ノ森をカウンター席に案内した。店内と厨房《ちゅうぼう》を仕切るカーテンの奥から夫が顔を出す。

「特急が止まっちゃうなんて災難だったね。刑事さん、昼は食べられた？」

「あ、いえ」

「だと思った」

　おかまいなく、と西ノ森があわてて言うのを聞かず、さっと厨房へ引っこむ。

「ごめんなさいね、人の話をちゃんと聞けない人なんですよ」

皐月はカウンターに水とおしぼりを出した。スーツの上着を脱いで背もたれにかけた西ノ森は、大学生のように見える。

「X県警の西ノ森です。今日はお時間をとってくださってありがとうございます」

「はいはい。あ、コーヒーでいい？　豆もいろいろあるよ」

「じゃあ、自家製ブレンドをお願いします」

「オーケー。うちのはちょっとこだわってるんだ。今は夜しか営業してないけど、昼からやってたころは喫茶で利用するお客さんも多くてね」

こうしてサイフォンの準備をしているときなどに、ふと自分の手を見て驚くことがある。夫とともに洋食屋を始めてから今まであっという間だったように感じるのに、気がつくとこんなに歳をとっている。まさか七十をすぎて、紫峰家のことを語る機会がくるとは思わなかった。

夫が出てきて、メモとボイスレコーダーの準備をしている西ノ森の前に、カレーライスを置いた。

「遠慮すんなよ。腹すかせたまま帰すようなことになったら、食いもん屋の看板、下ろさなきゃいけなくなる」

「そうそう。話なら食べながらだってできるでしょ。刑事さんって、あんパンかじりながら張り込みするじゃない」

西ノ森はえくぼを見せてはにかむように笑った。

「ありがとうございます。本当は腹ぺこで死にそうだったんです」

それで夫は青年を気に入ったようだ。皐月もだ。

「カレーはうちの看板メニューなの。死んだ父のレシピを使っててね。形見みたいなもんよ」

はたとまじめな顔になった西ノ森に、皐月は「めしあがれ」とほほえんだ。

＊＊＊

まずは父が紫峰家の料理人になったきっかけから話しましょうか。その前は東京の山の手にあった洋食レストランで料理長を務めてたの。あたしは幼くてよく知らなかったけど、けっこう有名で高級な店だったみたいよ。カレーはその店で出してたものなんだけど、どう？　でしょう、よかった。どんどん食べてね、おかわりもあるから。

父は昔気質の無口で無愛想な人だったけど、腕はよくて、あちこちのお屋敷に呼ばれて料理をふるまったりもしてたらしいわ。とくにご贔屓《ひいき》にしてくれてたのが、間宮伯爵家。紫峰家の亡くなった奥様のご実家で、お嬢さんたちの従兄の顕臣さんのおうち。そう、のちに葵さんの婚約者になった人ね。

紫峰の旦那さまはそこで食べた父の料理を気に入って、店のほうにも来てくれるようになったんだって。奥様が亡くなって伯爵家に足を向けることが少なくなってからも、店には上京するたびに来てくれてたとか。まあ、そう頻繁に上京してたわけでもないだろうけど。

あれはあたしが小学校に上がる前だから五つか六つのときかな、父がオーナーと大げんかして店を辞めなきゃいけなくなったの。一徹者で融通が利かなかったからねえ、あとで母から聞いたところでは、二度と包丁で商売ができないようにしてやるとまで相手に言わせちゃって、かなりまいってたみたい。うん、相手も相手だけどさ。でもそんなの子どものあたしにはわかんないから、父が昼間から家にいて塞ぎこんでて、いやーな気持ちだったよ。

そこへ手を差し伸べてくれたのが、紫峰の旦那さまだったってわけ。お屋敷の専属料理人にならないかって。父も母も同居してた祖父も大喜びよ。あたし以外はね。あたしはショックだった。遠くに引っ越して、友達と別れるのがいやだったの。

譲町に移ってしばらくはつらかったわあ。小学校に入学したんだけど、言葉が違うとか服がちゃらちゃらしてるとか、だいぶいじめられて。

とうとうあるとき、ひとりで東京へ帰ってやるって家を飛び出したの。ところが駅の場所がわからない。道端にうずくまってべそをかいてたら、とってもきれいなお姉さんが声をかけてくれてね。抜けるように色が白くて、上品な着物を着て、お話に出てくるお姫さまかと思った。紫峰家のお嬢さんといえば、実際お姫さまみたいなもんよね。

そう、桜さん。当時は十六か七で、葵さんみたいに目立つタイプじゃないけど、桜さんだって負けず劣らずきれいだった。それにすごくやさしくて、泣いてるあたしに持ってた焼き菓子をくれたの。あのバターの味、今でも忘れない。あたしはたちまち桜さんが大好きになった。

「お名前は？」

「山岸皐月」

「どうして泣いているの」

「こんなとこきらい。いじわるな子ばっかり。東京へ帰りたい」

「東京？　山岸さんって、もしかしてうちの料理人になった山岸さんかしら」

桜さんはあたしの濡れた手をそっと握って言ってくれた。

「ねえ皐月さん、私とお友達になりましょうよ。私もたまに、どこかよそへ行きたくなることがあるのよ」

そのときは意味がよくわかんなかったな……。

うちはお屋敷の近くの借家だったんだけど、桜さんはそこまで手を引いてつれて帰ってくれた。顔を真っ赤にして怒る両親に、「あまり叱らないであげてください」って取りなしてくれてね。単純なあたしは、とたんに譲町でやっていけそうな気になったもんよ。

ああ、父にとっては移住は大正解だったわよ。東京より自然が豊かで、いい食材が手に入るって喜んでた。雇い主も前よりずっとよかったみたいだしね。都落ちでがっくりどころか、塞ぎこんでたところが嘘みたいにいきいきしてたわ。

父の手伝いで母も紫峰邸に通うことになって、そのうちにあたしもお屋敷に出入りするようになった。学校が終わると出かけていって、台所の隅で野菜を洗ったり食器を片づけたり。学校で友達ができるまでは毎日そうしてたわね。

かわいそうな子みたいに聞こえるかもしれないけど、そんなことはなかったのよ。台所には桜さんがよく顔を出してくれて、あたしはそれをとっても楽しみにしてた。あたしを気にかけてくれてたのもあると思うけど、桜さんは父に料理を習ってたの。

「お嬢さまは料理なんてすることないでしょ。桜さんが作るようになったら、あたしの父さん、いらなくなる」

あたしは最初そんなふうに言ったもんだけど、良妻賢母教育の時代だからね、自分で料理をしない上流家庭の主婦でも、献立を決めたり女中に指示を出したりはできなきゃいけないわけ。と言っても、あの三姉妹の中でそこをちゃんとしてたのは桜さんだけだったなあ。葵さんなんか、お湯も沸かせなかったんじゃないかな。茜さんは、ほら、途中からそれどころじゃなくなっちゃったから。

でも最初に婚約が決まったのは、やっぱり長女の葵さんだった。

婚約披露パーティーは父にとって一世一代の大仕事になったわ。戦況が悪くなる前の景気のいいときだったから、そりゃあ盛大にやったのよ。父と母だけじゃとうてい台所の手が足りなくて、近くから何人も助っ人を頼んで。クリームソースを添えた仔牛のソテー、コンソメスープ、テリーヌ、魚介のマリネ……数年後なら考えらんないような料理が並んでたなあ。とくに記憶に残ってるのは、カットした果物を組み合わせて作った、乙女とすみれ。乙女がすみれに変化していくっていう、そう、お屋敷の表階段にあったステンドグラスをもとにしたの。

こっそり大広間の様子を覗いたら、お客さんたちも絶賛してたわ。見るからに贅沢に慣れた人たちが父の料理を褒めてるんだもん、扉の陰でこそばゆい気持ちになったもんよ。

葵さんの婚約者の顕臣さんは陸軍のエリート軍人だったから、軍服を着たかっこいい将校さんたちがたくさん来てた。おいしいおいしいって食べてくれたあの人たち、きっとほとんど死んじゃったんだよね。戦争ってやっぱりいやなもんよ。

大広間をひっそり抜け出す桜さんに気づいたのは、たぶんあたしだけだったと思う。薄桃色の振袖を追いかけていったら、桜さん、暗い庭の隅にうずくまって泣いてたの。

「はずかしいところを見られてしまったわね。ねえ皐月さん、誰にも言っちゃいやよ」

涙の理由を打ち明けてくれたのは、何ヶ月もたってからだった。

顕臣さんの部隊が中国に派遣されるのが決まって、千人針を送ることになったの。正確な時期は憶えてないけど、旦那さまが戦争に行く前ではあったはず。

あ、千人針って知らない？　兵隊さんの無事を祈って、千人の女が白い布に赤い糸をひと針ずつ縫いつけるの。まあ、お守りみたいなもんね。詳しいことはあれ、パソコンで調べてよ。

本来なら婚約者が言いだすのが筋だけど、葵さんは絵ばっかり描いてて、待てど暮らせど千人針の「せ」の字も出てきやしない。だから代わりに桜さんが言いだしたわけ。桜さんにとっても従兄だしね。それでも姉の顔を立てて、布に虎の絵を描くよう頼んだの。虎には千里を行って千里を帰るという言い伝えがあって、刺繍《ししゅう》で虎を描いた千人針もよくあったのよ。

ところが葵さんの返答ときたら、「やりたいなら、あなたがやれば？」ってこうよ。千人針の効果なんてまるっきり信じてなかったんだね。葵さんらしいけど、ちょっと薄情でしょう。もともと仲の悪いふたりだったけど、このときは桜さんがすごく怒ってね。

「お姉さまには人の心がないんだわ。人でなしに絵なんて描けるのかしら」

あの人がそこまで言うなんてよっぽどだよ。あたしはその場にいたわけじゃないから、聞いてもすぐには信じられなかったくらい。葵さんもさすがに蒼白《そうはく》になって、桜さんをぶとうとしたのを、そばにいたヒナさんがなんとか止めたんだって。

桜さんはそのまま自分の部屋にこもってしまって、お昼も食べず、夕飯の時間になっても出てこない。旦那さまが声をかけても、おにぎりを持っていかせても無反応。それであたしに白羽の矢が立ったの。あたしが行けば無下《むげ》には扱わないだろうって。考えたのはヒナさん。あの人は目端がきいて、人の使いかたがうまかったな。

ヒナさんの予想どおり、桜さんはあたしを部屋に入れてくれた。

「みんなに迷惑をかけてしまったわね。皐月さんにまで、ごめんなさい」

あたしが持っていったおにぎりをひとくち食べて、桜さんはほろほろと泣きだした。そして、秘密にしてた顕臣さんへの恋心を打ち明けてくれたの。

桜さんは小さいころからずっと顕臣さんが好きだったんだって。でも彼はお姉さんのもので、しかも三男だから葵さんと結婚して紫峰家を継ぐことになる。ふたりを見てるのはつらいから、早くお嫁に行きたいって言ってたわ。熱心に料理を習ってたのもそのためだったのかも。

「あたし、誰にも言わないって約束する。もし破ったら針千本、飲むから」

子どもが大まじめに言うのがおかしかったのか、桜さんはくすっと笑った。やっと笑ってくれて、ほっとしたしうれしかったな。

「皐月さん、私、あなたが大好きよ。ずっとお友達でいてね」

抱きしめられたとき、いいにおいがしたのを憶えてる。

千人針の件は、結局は葵さんが折れて虎の絵を描き、そこにみんなで糸を入れたわ。茜さんはだめだったけど、桜さんの女学校時代のお友達や、町の人たちにも協力してもらってね。あたしと母もひと針ずつ縫ったよ。最後のひと針は葵さんで、添える手紙を書いたのも葵さん。桜さんは自分の名前はいっさい出さなかったみたい。

顕臣さんは何も知らないまま死んじゃった。千人針の虎、あんなに強そうだったのに、方向音痴だったのかもね。

もし彼に桜さんの気持ちが届いてたら、何か変わってたのかなあ。桜さんのやさしさって、届いてほしい相手には届かないような、そんな悲しさがあったの。

＊＊＊

西ノ森の皿がすでに半分からになっているのに気がついた。たくさん食べる若者は好きだ。この歳になっても洋食屋を続けているのは、人がおいしそうに食べるところを見たいからでもある。食べることは幸せだと、皐月は思っている。

　日本から遠く離れた南の島で、おそらくは耐えがたい飢餓《きが》に苦しんで死んでいった父も、同じような気持ちで料理人をやっていたのではないか。歳をとるにつれて、そんなふうに感じるようになった。

　父さん、よかったね。父さんのカレー、今の若い人にも好評だよ。

　心の中で語りかけ、皐月は胸に手を当てた。

「あたしね、一昨年、乳がんをやったんだ」

　西ノ森が手を止めて皐月を見つめる。

「手術はうまくいったんだけど、以来、人生の最後ってものを意識するようになった」

　皐月は胸に当てていた手を下ろした。

「紫峰家に関して、あたしもずっと知りたかったことがあるの。西ノ森さんと話してそれが明らかになるかどうかはわかんないけど、心残りはいやだと思ってる」

　片方だけふくらみのなくなった胸に深く息を吸いこむ。

「火事のことは岡林さんから聞いてるよね？」

「一九三九年、昭和十四年に、お屋敷で起きた火事ですね。顕臣さんの訃報にショックを受けた葵さんが、自殺を図って自室に火をつけた。葵さんの部屋は全焼し、三姉妹は大火傷を負った」

「うん、あたしもそう聞いた。でもね、事実はそうじゃない」

＊＊＊

あたしが十一歳のときだった。

夜、家で寝てたら、女中頭の霜妻さんが血相を変えて訪ねてきたの。お屋敷が火事になった、町の消防団はよそへ出払ってて来ない、使用人で何とかするしかないから手伝ってくれって。

両親はすぐに飛んでったわ。あたしは不安で一睡もできないまま朝を迎えた。両親は帰ってこなかった。しぶしぶ学校へ行くと、もう火事のことは話題になってて、両親のお屋敷勤めはみんな知ってたからいろいろ訊かれたけど、訊きたいのはこっちだったわ。

もちろん学校が終わるなりお屋敷へ向かったわよ。そしたら、なぜか坂の下の門のところに執事の神山さんがいて、いきなり「何しに来た」って。厳格な人だったけど、ふだんはそんな言いかたはしなかったからびっくりしたわ。場合が場合とはいえ、なんか妙な感じだった。

「父さんと母さん、どうしてますか」

「山岸さんなら上だが、今はとりこみ中だ。帰りなさい」

「桜さんは？」

あたしは坂を駆け上がろうとしたけど、神山さんに捕まえられて、子どもがうろついていい状況じゃないって叱られた。それでもおとなしく帰ろうとは思わなかったんだから、頑固なのは父親ゆずりだったのかな。聞き分けたふりをして、お屋敷の裏手に回ったの。道もない、草木におおわれた斜面を登っていったんだから、子どももってすごいよね。

半日も藪《やぶ》の中にいたように感じたけど、実際はどれくらいだったんだろ。冬だったから日暮れが早くて、お屋敷の裏に出てほっと息をついたときにはもう薄暗くなってた。焦げたようないやなにおいがして、片づけをしてるらしい音が響いてたけど、人の声はまったく聞こえなかったな。

見つかったら叱られると思ったから、勝手口から忍びこむことにした。台所の手伝いをするときはよくそこから出入りしてたの。勝手口のある北側に回ったら、二階の壁の一部が真っ黒になってるのが見えたわ。表玄関側だから西だね、その端っこ。桜さんの部屋とは離れてるとはいえ、同じ二階だもん、もう心配で心配で。

そろそろ夕飯のしたくをする時間だったと思うけど、台所には誰もいなかった。通り抜けて廊下に出たとき、玄関ホールのほうから人の声が聞こえた気がしたの。そうっと近づいていってみたら、声は表階段の上から聞こえるみたいだった。ぼそぼそとひそめたような男の人の声。

その人たちが下りてきそうだったから、あたしはとっさにホールの柱の陰に隠れたの。下りてきたのは、父と使用人の相楽さんだったわ。体じゅう煤《すす》と泥だらけで、ふたりで何かを運んでた。異様にぴりぴりした雰囲気で、父なのに知らない人に見えたわ。

息を殺して見てるうちに、運んでるものが何かわかった。それは焼け焦げたピアノだったの。燃えた残骸をさらに解体したみたいで、鍵盤らしきものが目に入るまでわかんなかったけど。父たちはそれを外へ運び出していった。

「また、かくれんぼ?」

突然、後ろから声をかけられて、心臓が止まるかと思ったわ。尻もちをついて見上げると、ヒナさんがそこに立ってたの。父たちと同じく煤と泥だらけのひどい恰好だった。

ああ、「また」っていうのは、前にも似たようなことがあったからなんだけど、それはあとでね。

「来ちゃいけないって、下で神山さんに言われなかった?」

あたしを見下ろすヒナさんの目、思い出してもぞっとする。氷みたいに冷たい目。顔の傷のせいで気づきにくいけど、ヒナさんってよく見るとすごい美人でね、そのせいでいっそうすごみがあったな。

「いつからここにいたの？　何を見たの？」

あたしはぶんぶん首を横に振った。恐怖で声が出なくて、それが精いっぱいだったの。

「そう、何も見てないのね？」

念押しされて、一生懸命うなずいたわ。

あれは見てはいけないものだったんだってわかった。わからされたんだね。

「何も見てなくて本当によかったわね。あんたがお屋敷に忍びこんだことは黙っていてあげる」

ヒナさんは薄く笑って、唇の前に人差し指を立てた。

「これは秘密よ」

どうやって家に帰ったのか憶えてないわ。両親にも桜さんにも会わずに逃げ帰って、頭から布団をかぶって震えてた。

おかしいって思ったのは、あとで母から火事のことを聞いたときよ。次の日の朝ごはんのときだったかな。あたしからは何も訊かなかったんだけど、何も説明しないいんじゃ納得しないと思ったんだろうね。

顕臣さんの訃報にショックを受けた葵さんが、自殺を図って自室に火をつけた。葵さんの部屋は全焼し、三姉妹は大火傷を負った。

でも、それって変でしょ？

あたしは二階の壁の一部が真っ黒になってるのを見たけど、その位置にある部屋って、ピアノ室よ。現に父と相楽さんは燃えたピアノを運び出してたじゃない。一方、葵さんの部屋はどこかっていうと、同じ二階ではあるけど場所が全然違う。

両親たちは嘘をついてたのよ。

＊＊＊

ちょっと待ってください、と西ノ森が当惑をあらわに口を挟んだ。

「小火《ぼや》とはいえ警察が調べたはずですよね」

「うん、あたしが聞かされたとおりに断定されたよ。葵さんがそう言ったって。火事の現場については使用人たちが偽装したんだと思う。実際に全焼したのはピアノ室だけど、その部屋が葵さんの部屋であったようにね。もともとピアノ室は死んだ奥さまの部屋だったから、葵さんの部屋と造りや調度類もそれほど違わなかっただろうし、燃えたピアノを処分してしまえば、偽装は難しくなかったはず。警察がちゃんと調べればわかったんだろうけど、そこは紫峰家だもん。『紫峰の殿さま』がこうだって言うものを、熱心に調べやしなかったはずよ。被害者も紫峰家の身内だけだしね」

「つまり、紫峰一家と使用人たち全員が口裏を合わせたと？」

西ノ森の目が大きく見開かれた。スプーンの動きは完全に止まっている。

「怪しむ人間はいなかったんでしょうか。玲二さんとか」

「玲二さんって、ああ、旦那さまの弟の。めったにお屋敷には来なかったから、ほとんど見たことないなあ。あたしの知るかぎり、ピアノ室が造られて以降には来たことないよ。だからピアノ室の位置は知らなかったと思う」

「よく来ていた客とか、ピアノ室の改造を請け負った業者とか」

「茜さんがああなってからはお客もめったに来なくなったけど、そもそも私的な空間には立ち入らせなかったし、あれだけ広いとピアノの音だけで位置を把握するのは難しいんじゃないかな。それに茜さんのことは外聞をはばかる、って言ったら言葉が悪いけど、だからわざわざ遠方の業者を選んだって聞いたよ。警察はそこまでは訊きに行かなかったんでしょう」

長らく考えてきたことだったので、すらすらと答えられた。

二時間ドラマの犯人も当てられない夫が、難しい顔で顎をさする。

「でも、なんでそんな嘘を」

それについても皐月には考えがあった。

「葵さんはたんに自殺しようとして火をつけたんじゃないから」

「あん？」

「いい、実際の火事現場はピアノ室なの。葵さんはピアノ室に火をつけた。葵さんが自分の命を絶つのに、関係ないピアノ室を選んだのは……たぶん茜さんを道連れにしようとしたのよ。茜さんは深夜でもピアノ室にいたから」

家族思いの夫が思いきり顔をしかめる。

「おかしくなっちまった妹を殺そうとしたってのか？」

「自分も死ぬんだから、無理心中よ。だとしたら、ご一家と使用人が嘘をつく理由になるでしょ」

自殺をしようとして駆けつけた妹たちを巻きこんでしまったなら事故だが、無理心中を図ったなら殺人未遂だ。警察の扱いも世間の印象もまるで違う。実際、葵は罪には問われなかったし、聞こえてきた周囲の反応は葵に同情的だった。

「だけど桜が協力するか？　葵とは犬猿の仲だったうえに、そんな火傷を負わされて」

「個人的な恨みよりも、家の体面を重んじたんだと思う。そういう人だったから」

黙ってやりとりを聞いていた西ノ森が、ふと首を傾《かし》げた。

「葵さんが火をつけたというのは、事実だったんでしょうか」

　皐月は目をぱちくりさせた。

「それはそうなんじゃないの。あたしは本人の言葉を聞いたわけじゃないけど、違うなら否定するでしょ」

「そうですよね。いや、すみません。顕臣さんの死で葵さんが自殺を図るっていうのが、やっぱりどうもしっくりこなくて。火事の現場が嘘なら、火をつけた人物も嘘かもしれないと、ちょっと思ったんです」

　それはたしかにな、と夫がまたしゃしゃり出る。

「顕臣の死にショックを受けて、ってのが桜だったらわかるんだけどな」

「それじゃあ葵さんの場合と同じで、なんでピアノ室でってことになるじゃない。桜さんが茜さんを殺そうとしたっていうの？」

「怒るなよ。自殺するのにピアノ室が不自然じゃないのは茜だけか」

「茜さんにそんなことをする理由はないと思うけど」

「そんなの、おまえが知らなかっただけかもしれないじゃねえか」

「そんなこと言い出したら、誰にでも可能性があるってことになるでしょ」

　だんだん早口になるふたりのやりとりに、西ノ森があわてたように割って入った。

「すみません、たんなる僕の思いつきですから。ただ誰にでも可能性があると言っても、脚と目が不自由だった太一郎さんには難しいでしょう。現場は二階で、太一郎さんの寝室は当時は一階に移っていたそうですから。また、紫峰一家が火事現場の偽装に荷担していることから、使用人のしわざとも考えにくいと思います。同じ理由で第三者である可能性もなしですね」

頭がこんがらがって、皐月はお手上げとばかりに両手を上げた。

「とにかくあたしが言いたかったのは、火事に関して紫峰一家と使用人たちは嘘をついたってこと。それはたしかよ」

両親は二度と火事の話を口にしなかった。そして三姉妹の火傷を理由に、皐月の屋敷への出入りを禁じた。

もっとも禁じられるまでもなく、皐月にはもう屋敷へ行くつもりはなかった。そもそも以前から足が遠のいており、火事のときは久しぶりに足を踏み入れたのだ。その年の春に太一郎が戦地から帰還して以来、すみれが焼かれてしまった屋敷は、昔のように居心地のよい場所ではなくなっていた。何より、屋敷には恐ろしいヒナがいる。

「ところで、ヒナさんにかくれんぼを見つかったのは二度目だとおっしゃってましたが」

「ああ、そう、その話ね。火事の一年以上前、もと書生の御園さんを捜してお屋敷に憲兵が来たときのことなんだけど、それも岡林さんから聞いてるよね？」

「はい。そのあと葵さんと桜さんがけんかをして、桜さんが葵さんを密告したが、事なきを得た」

「そう、ヒナさんの活躍のおかげでね」

「ヒナさんの？」

あら、と皐月は目をみはった。

「岡林さん、言わなかったの？　なんでかな……」

＊＊＊

あたしがお屋敷に駆けつけたのは、憲兵が来た翌朝のこと。前の日に桜さんが葵さんと派手にけんかしたって聞いて、いてもたってもいられず、学校へ行く前に訪ねたの。こんな時間に何してるって叱られるのはわかってたから、見つからないように勝手口から忍びこんだ。

でもどうやって桜さんに会うのかは考えてなくて、あてもなく屋敷の中をうろうろしてたら、玄関ホールに人がいるのに気づいたの。岡林さんとヒナさん。ふたりは内緒話をするみたいに声をひそめてて、ただならぬ雰囲気だった。あたしはとっさに柱の陰にしゃがんで……っていやだ、火事のときとまったく一緒じゃないの。

「誠、落ち着きなさい」

「落ち着いてるから、神山さんじゃなく、まずはあんたに話してるんじゃないか」

よく見ると、岡林さんの顔は真っ青でね。

隠れて耳を澄ましているうちに事情がわかって、あたしは震え上がった。憲兵に密告するってことがどんなに恐ろしい行為か、今の若い人にはぴんとこないだろうけど。桜さんがそんなことをするなんて信じられなかった。ううん、信じたくなかったのかも。

「やっぱり神山さんに報告すべきかな。よりによって旦那さまがご不在のときにこんな」

岡林さんがひどくとり乱してたのは無理もないわ。

でもヒナさんは違った。黙って岡林さんから離れて、あたしのほうへ歩いてきたの。あたしが隠れてた柱の近くには電話があった。ヒナさんはあたしに気づいてちょっと目をみはったけど、何も言わずに受話器を手にとった。

いったいどこにかけたと思う？　なんと、憲兵隊の屯所。交換手にそう告げるのを聞いて、ぎょっとしたわ。岡林さんは声も出ないみたいだった。あのときヒナさんは十五、六だったはずだけど、ひとりだけ大人みたいに、ううん、大人以上にしっかりしてたわ。

でも、本当に驚いたのはそのあと。

「昨晩お電話いたしました、紫峰桜と申します」

ヒナさんはそう名乗ったの。その声は、桜さんの声そのものだった。

「おはずかしい話ですが、姉とけんかをいたしまして、少しこらしめてやれという気持ちで根も葉もないことを申し上げてしまいました。ひと晩たって気持ちが落ち着きまして、自分の愚かさに気づき、こうしてご連絡をいたしましたしだいです」

声だけじゃなく、話しかたも桜さんにそっくり。

しかも、それで終わりじゃなかったの。

「お電話かわりました、桜の姉の葵です」

今度は葵さまのふりをしたんだけど、それもまたそっくりなのよ。目を閉じて聞いたら、間違いなく本人だと思うはず。あんぐり口を開けてるあたしを見て、ヒナさんは少し笑ったみたいだったわ。

葵さんのふりをしたヒナさんは、お詫びの品を女中に持っていかせると告げて電話を切ると、あたしにだけ見えるように人差し指を唇に当ててから、岡林さんをふり返った。

「これでひとまず大丈夫」

「ヒナさん、あんたそれは」

「芸者見習い時代に身につけた芸のひとつよ。ただの声帯模写」

「ただのって、そっくりじゃないか」

「そんなことより、憲兵に目をつけられたかもしれないってことを、念のため葵さまにお伝えしておいて。今回はなんとかなっても、また同じようなことが起きないとも限らないんだから。ただし伝えかたは考えてちょうだいね。これ以上、あの姉妹を刺激しないように」

ヒナさんはどこまでも冷静だった。だけど最後のひとことには棘を感じたから、ふたりの不仲には思うところがあったのかもしれない。

「桜さまのほうには、私がうまく言っておくわ。抜いてしまった刀を納められず、今ごろはご自分を責めておいででしょうから」

岡林さんが行ってしまってから、ヒナさんはあたしを立たせて言ったわ。

「ここで見たことも聞いたことも、誰にも話してはいけないわ。大好きな桜さまの恥になるって、かしこいあんたならわかるわね」

ほんと、人を使うのがうまかったのよね。あのしたたかさの半分でも桜さんにあれば……。

この一件以来、桜さんはどんどんかたくなになっていった気がする。お国のための奉仕に没頭して、台所に顔を出してくれることも少なくなって。

翌年の春、旦那さまが負傷して帰ってくると、それはもう献身的にお世話をしてたわ。葵さんも最初はよくやってたけど、やっぱり大変だもん、すぐに音を上げてしまってね。だけど桜さんは朝も昼も夜もつきっきりで、料理も旦那さまの体によさそうなものを自分で作ったりして、もと看護婦の霜妻さんに頼ったほうがいいようなことでも全部ひとりでやろうとするわけ。使用人たちが心配して、もっと自分たちを使ってくださいってお願いしても、ありがとうってほほえむだけで聞き入れなかったみたい。

そうだね、姉に対する意地もあったのかもしれないけど。でもやっぱり、父親の変わりはてた姿をただ見てることはできなかったんだと思う。何かしてあげないと、現実に押しつぶされそうだったんじゃないかな。

だけど、桜さんの想いは旦那さまには届かない。桜さんが旦那さまのために丹精したすみれを、他ならぬ旦那さまが焼かせてしまったのは知ってるでしょ。帰ってきてすぐのそのできごとが、ふたりの関係を象徴してたの。そんなことのくり返しだった。

責任感とやさしさがあだになったんだね。桜さんはだんだんすり減っていった。

血を分けた姉妹とは苦しみを分かち合えない。紫峰家の娘として使用人に弱音を吐くわけにはいかない。女学校時代のお友達にも親友と呼べるほどの人はいない。気を許せる相手が、あの人にはあたしくらいしかいなかったんだと思う。

でも、そのころにはもうあたしにも友達ができてて、同じ年ごろの子と遊ぶほうが楽しくなってたの。それに薄情な話だけど、正直、桜さんのことが重くなってきちゃって。苦しんでる人のそばにいるのって苦しいじゃない。お屋敷の雰囲気もずっと悪かったし、あたしの足はだんだんお屋敷から遠のいていった。

あれはいつごろだったのかなあ。ある夜ふと目を覚ましたら、両親が沈んだ声でお屋敷の話をしてたの。旦那さまに戦友の未亡人から手紙が届いて、目が見えない旦那さまに代わって桜さんが読み上げたんだけど、そしたら旦那さまの様子が急におかしくなったって。自分を責めるような言葉をうわごとみたいにくり返して、桜さんが一生懸命に宥《なだ》めたけど、強く振り払われて床に倒れたそうよ。

それを聞いて、ああやっぱりって思ったんだ。桜さんのやさしさは届けたい人に届かない。そういう悲しさが、あたしはいやになっちゃったの。

そのあとで例の火事があって、あたしは二度とお屋敷には行かなかった。お屋敷で最後に桜さんに会ったのはいつだったんだろ。

お屋敷の外でなら、火事以降に一度だけ会ったわ。時期はちょっと憶えてないけど、譲町の役場の近くでばったり。何か本人がやらなきゃいけない手続きでもあったのかな。岡林さんと一緒だった。

暗い色のもんぺ姿で、薄墨色の日傘をさして、火傷の跡を隠すためだろうね、黒い頭巾をかぶってたわ。喪服みたいだと思った。火傷を免れたらしい手だけが白くてね。初めて会ったとき、色の白さに目を引かれたことを思い出して、胸がつまったわ。ひとりぼっちで泣いてたあたしを、あの手が助けてくれたんだもん。

あたしは何も言えなくて、桜さんのほうから声をかけてくれた。皐月さん、って昔と少しも変わらない調子で。あたしは桜さんを見捨てたのに。ずっとお友達でいてねって言ってくれた、あの言葉を裏切ったのに。

「ずいぶん大きくなったのね。こんなときだけど元気そうでうれしいわ」

ごめんなさいとだけ、とても小さな声であたしは言ったわ。桜さんから逃げたこと。そして、その顔を直視できずにいることも。

頭巾をかぶってはいたけど、隙間から焼けただれた肌が覗いてたの。恐ろしくて、目を逸《そ》らさずにはいられなかった。

「桜さま、もう行きましょう。あまり長く外にいてはお体に障《さわ》ります」

岡林さんの言葉で、短い再会は終わったわ。

別れて歩きだしたあと、桜さんはふり返って、動けずにいたあたしにほほえみかけてくれた。頭巾でよく見えなかったけど、きっとそう。目がやさしかったもん。

桜さんに会ったのはこれが最後。最後までやさしい、やさしい人だったな。

エプロンで目もとを押さえた皐月に、しょうがねえなあと夫がティッシュを取ってくれた。桜にもらった焼き菓子の味や、つないでくれた手のやわらかさ、抱きしめられたときの香りまでよみがえって胸が痛い。

＊＊＊

「やあね、このごろ涙もろくて」

冷蔵庫から売りもののプリンを出してきて口に入れた。なつかしい父の味。紫峰一家のために作っていたものだが、皐月にもよく内緒で味見をさせてくれた。そのレシピを受け継いで、今は夫が作ってくれている。

あの火事からまもなく、父に召集令状が来た。「こんなものしか残してやれなくてすまん」と、父は母にレシピの束を託した。母がそれを守り抜いたから、譲町が空襲でやられたときさえ燃える家に飛びこんで持ち出したから、今の山猫亭がある。

「あ、そうだ」

皐月はプリンを置いていったん店の奥へ引っこんだ。すぐに戻り、折りたたんだ白い布を西ノ森に差し出す。黄ばんでぼろぼろになったそれは、もうひとつの父の形見だ。

「見せようと思ってたのに忘れるところだった」

受け取って広げた西ノ森が、はっと息を呑んだ。

新聞の一面くらいの大きさの、日の丸の旗。日の丸の上には「武運長久《ぶうんちょうきゅう》」の文字が大書され、周りに、紫峰邸の人々の名前が寄せ書きされている。

「父が出征するときに、お屋敷のみなさんからいただいたんだって。同じ部隊にいたって人が持ってきてくれたの」

紫峰太一郎、紫峰葵、紫峰桜、紫峰茜、神山三嗣、霜妻キク、相楽次郎、唐沢ヒナ、岡林誠。当時、屋敷にいた全員の名がある。太一郎と神山は筆跡が同じだから、目の見えない太一郎に代わって神山が書いたのだろう。同様に、両手に大火傷を負った茜の名は霜妻が書いたようだ。

「すごい……モノクロ写真と話でしか知らなかった人たちの肉筆だ。写真を撮ってもいいですか」

快く許可すると、西ノ森はカウンターの下に置いた鞄《かばん》からカメラを出し、旗をテーブル席へ持っていって広げた。写真を撮り、なお感慨深げに眺めている。

「それぞれの字に特徴があっておもしろいよね」

西ノ森は寄せ書きから目を離さずにはいと答え、岡林の拙《つたな》い字をそっとなでた。

カウンター席に戻って旗を返し、あらためて口を開く。

「一九四三年、昭和十八年の八月に戦争画の展覧会があったのを憶えていらっしゃいますか」

「ああ、あったね。葵さんが入賞したやつ。暑いなか、友達と一緒に観にいったわ」

行かれたんですか、と西ノ森は心もち身を乗り出した。

「葵さんのはどんな絵でした？」『祈り』というタイトルしかわからなくて」

「うろ憶えだけど、女の人の絵だったよ。髪が長くて、目を閉じてるの。表情も輪郭ももあいまいな感じで、やわらかい雰囲気だったな。じつはあたし、葵さんのことはあんまり好きじゃなかったの。でもあの絵は、見た瞬間に好きだって思った。あえないけど、心の奥にしまっておいた感情を引っぱり出されるみたいで」

描かれた女が、自分の知っているいろんな女に見えた。すべての女に似ている気がした。

「あたしの鑑賞眼なんて当てにならないけどね」

だろうな、と茶々を入れる夫を横目でにらむ。

「会場で誰かに会ったり見かけたりしませんでしたか」

「紫峰家の関係者でってことだよね。旦那さまは目が見えないし、お嬢さんたちは火傷をして以来、人目を避けるように暮らしてたからねえ。あの一家が姿を見せてたら、田舎のことだもん、間違いなく噂になったと思うんだけど」

言いながら記憶を探っているうち、一緒に行った友人のもんぺの柄がぼんやりと浮かび上がった。それを呼び水に、会場の外観や、友人とはぐれて焦ったことなどが、次々に思い出される。

あ、と皐月は目をみはった。

「岡林さんがいた」

「岡林さんが？」

「遠くから一方的に見かけたんだけどね。あの人、葵さんの絵を見つめて泣いてたの。声をかけていいものかどうかためらってるうちに、人混みに紛れて消えちゃった。岡林さんは葵さんの助手みたいなことをしてたから、いろんな思いがあったんじゃないかな。当時はもうお屋敷を辞めてたはずだから、関係者と言っていいかわかんないけど」

気になることでもあるのか、西ノ森はカレーの皿に目を落として何か考えこむふうだ。

皐月は食べ終えたプリンの器を流しに置いた。そのとき、ふいに男の声を聞いた気がした。

——皐月ちゃん、展覧会には行ったかい。葵さんの絵をどう思った。

そうか、あの人も展覧会に行ったはずだ。

皐月は乳房のあった場所に手を当てた。

ずっと知りたかったことがある。心残りはいやだと思っている。

「西ノ森さん」

「行方不明者が三人いるんだよね。そのうちのひとり、書生の市川さんに最後に会ったのは、あたしかもしれない」

＊＊＊

展覧会の年、あたしは十五歳で、軍需工場での労働の日々だった。女学生が作る飛行機やら落下傘《らっかさん》やらで戦争するなんて、考えたら恐ろしい話よね。

その日は工場の機械に不具合が出たってことで、午後から自宅待機になったの。朝から続く雨のせいで畑をやることもできなくて、母と祖父と三人で細々とした仕事をしてた。

そこへ、あの人はやって来たのよ。

最初は誰だかわかんなかった。はっきり憶えてたわけじゃないけど、やつれて顔つきも変わって、三十っていう実年齢よりだいぶ老けて見えたから。軍服のせいもあったのかな、何より雰囲気がずいぶん違って、笑顔で話してるんだけどどこか荒《すさ》んでるっていうのか、ぎらぎらした感じがあってね。戦地でよっぽど苦労したんだと思うと、胸が痛かったな。

市川さんは結婚のために一時的に帰ってきたということだった。若い兵隊さんを結婚のためだけに帰国させるってことが当時はあってね。郷里に帰る前に紫峰家のみなさんに挨拶をしようと、譲町に立ち寄ったんだって。

まわりからどんどん人がいなくなる一方の時代だったから、母も祖父もあたしも喜んで迎えたわ。だけど、母の態度にあたしはなんとなく違和感を覚えたの。

「じゃあ、お屋敷に行ったんですか」

白湯《さゆ》を出しながらそう尋ねた母は、妙に緊張してるみたいだった。

「はい。旦那さまと葵さんにはご挨拶できました」

「お気の毒なことですわ」

「本当に。旦那さまの負傷に続いて、お嬢さんたちまであんなことになるなんて。医者の端くれとして何か役に立てないかと、葵さんに無理を言って頭巾を取ってもらったんですが、手の施しようがありませんでした」

「あのすばらしいご一家に、なぜ不幸ばかり起きるんでしょうね」

母の言いかたが、あたしにはへんによそよそしく聞こえたの。同情はするけど、よその家の話、みたいな。

たしかに、父が出征してまもなく母はお屋敷づとめを辞めて、もう三年以上がたってたわ。でも「ご一家を頼む」っていう父の言葉、遺言になったわけだけど、それを律儀に守って、たまに台所や畑の仕事を手伝いに行ったりして、紫峰家との縁は保ってたの。もちろん内の人間から外の人間になったっていう意識の違いはあっただろうけど、市川さんに今の紫峰家について訊かれて、「もうほとんど行き来がありませんから」って答えるような関係ではなかったのよ。

市川さんはうちにしばらく泊めてほしいと言ってきた。譲町でやりたいことがあるからって。家長である祖父が了承した以上、母は何も言わなかったけど、困惑してるように見えたわ。

少しして雨が上がったから、母は用足しに出かけ、あたしは庭に出て畑仕事を始めた。すると茶の間で楽にしてもらってた市川さんも、縁側から出てきたの。焼けつくような日差しを受けて地面にくっきり伸びた影を見て、あたしよりこんなに長いんだなんて思ったっけ。

「皐月ちゃん、展覧会には行ったかい」

ちょうどあの戦争画展の期間中で、あたしは数日前に行ったばかりだった。

「葵さんの絵をどう思った」

あたしはさっき西ノ森さんに言ったような感想を答えたわ。葵さんのことはあんまり好きじゃなかったってことまで、ばか正直にね。市川さんはちょっと笑った。

それをきっかけに、たわいもないおしゃべりをしたな。工場に軍事教練に来る将校さんがかっこいいとか、市川さんのお嫁さんになるのはどんな人かとか。市川さん、お嫁さんのことは写真でしか知らなかったんだけど、「紫峰のお嬢さんたちの中で言えば、桜さんみたいな人がいいなあ」って。思わず泣いちゃったあたしの頭を、市川さんはなでてくれたわ。大きくてあったかい手だったな。

市川さんは一週間うちに滞在したんだけど、いつも朝早くからどこかへ出かけて夜まで帰ってこなかった。それでもあたしは工場へ出勤するのに途中まで一緒に行ったり、寝る前に話をしたりして、たちまち仲よくなったの。市川さんは不在のあいだの紫峰家のことをあれこれ聞きたがったわ。あたしはできるだけ話してあげたけど、あの火事の真実だけは言えなかったな。両親が関わってたし、ヒナさんの口止めがしつこく効いてたから。

今にして思えば、あのとき市川さんは紫峰家の秘密を探ってたんだよね。最初に言ってた「譲町でやりたいこと」ってそれだったのよ。

市川さんが来て四日目か五日目だったかな。工場の近くで市川さんらしい人を見かけて、声をかけようと追いかけたんだけど見失っちゃったの。探してそのへんをうろうろしてたら、ひと気のない路地で誰かと言い争ってるのを見つけたわ。

相手は女中頭の霜妻さんだった。でも、あたしの知ってる霜妻さんとはずいぶん印象が違ったわ。いらいらした様子でしきりに煙草《たばこ》を吸いながら、市川さんをにらみつけてた。

「あなたの言ってることは全部こじつけ、とんでもない妄想よ。ご一家への侮辱です。これ以上おかしなことを言うようなら、こちらも対処を考えなくちゃならないわよ」

「結局あんたも同じ穴のむじななのか。過去があるとはいえ、あんたは信じられる人だと思ってたのに」

あたしは急いで来た道を引き返したわ。火事のときの燃えたピアノと同じ、これは見てはいけないものだって直感が告げてた。

だけどやっぱり気になって、その夜、市川さんに遠回しに訊いてみたの。結婚のためのごく短い帰国なのに、こんなに長い間ここにいていいのかって。本当はここで何をしてるのか訊きたかったんだけど、勇気が出なくてね。

「どうしてもやらなきゃいけないことがあるんだ。どうやら僕にしかできないことらしい。それを終えなきゃ、おちおち結婚もできないよ」

彼らしいおどけた言いかただったけど、目は怖いくらい真剣だった。

そしてとうとうあの日が来てしまったの。

市川さんが来て七日目の夜。正確な時刻はわからないけど、眠りについてからそれほど時間はたってなかった気がする。

かすかな話し声で、あたしは目を覚ましました。母は隣の布団でこっちに背を向けて横になってて、声は土間のほうから聞こえてたわ。障子を少しだけ開けてみたら、市川さんが外にいる誰かと話してたの。見えなかったけど、たぶん男の人だったと思う。ふたりは一緒に外へ出ていった。

こんな時間にどうしたんだろうとは思ったけど、追いかけるわけにもいかないじゃない。しかたなく布団に戻って帰ってくるのを待ってるうちに、いつのまにか寝ちゃってたわ。

次に目を覚ますと、母の布団がからになってたの。胸騒ぎがして見てみたら、母の履きものもない。あわてて外へ出てあたりを見まわすと、星明かりに照らされた小道を歩く母を見つけたわ。なぜか執事の神山さんと一緒に。灯りのひとつも持たないふたりは、まるで人目を忍んでるようだった。

追いかけるべきか迷ったけど、ちょうどそこへ祖父が起きてきてね。どうかしたのかと訊かれて答えることができずに、あたしはまた布団に戻るしかなかったの。

翌朝、目覚めたら、母はすでに炊事をしてたわ。祖父は庭の畑にいた。

「今朝はお寝坊ね。さっさとしたくしなさい」

いつもどおりの母。いつもどおりの朝。あまりにもいつもどおりだから、昨夜のことは夢だったんだと思ったくらい。

ただ、市川さんの姿が見あたらなかったの。荷物もなくなってて、使ってた布団が畳んで隅に置かれてたわ。

「市川さんは？」

尋ねたあたしの声は、きっとひどく震えてたと思う。

「朝早くに発ったのよ。始発に乗りたいって」

具の少ない汁物をお椀《わん》によそいながら、母はなんでもない口調で答えたわ。祖父は首にかけた手ぬぐいで顔を拭き、黙って野菜の様子を見てた。

本当にいつもどおり。市川さんが来る前のまま。

わかるでしょ？　夜に出ていったきり朝にはいなかった市川さん。あとを追うかのように神山さんと出ていった母。口をつぐまなくてはいけないといつのまにか理解させられているあたし。何から何まで不自然よ。

それからほどなく、あの日の早朝、譲駅から汽車に乗りこむ市川さんらしい男を見た人がいるっていう話を聞いたわ。夜見坂《よみさか》駅で降りる姿も目撃されてるって。でも軍服姿ってみんな同じように見えるじゃない。軍帽を目深にかぶってれば顔は隠れるし、背格好が似た人なんていくらでもいる。

紫峰家のことを調べてた市川さん。行方不明になってしまった市川さん。そして、紫峰邸の敷地から発見された遺体。

ねえ、つまりそういうことでしょ。長いあいだひそかに抱きつづけてた疑惑の答え。あたしが知りたかったこと。心残りはいやだと思ってること。

市川さんはあの夜、お屋敷の使用人たちに殺されて埋められたんだわ。

＊＊＊

しばらく誰も口をきかなかった。厨房から吹きこぼれる音が聞こえてきて、いけね、と夫が飛んでいった。

西ノ森がようやくためらいがちに言葉を発する。

「僕が言うのもなんですが、そんなことを話してしまってよかったんですか」

「母が人殺しに関わってるかもしれないのに？」

皐月はふっと力を抜いて笑った。

「もう死んだ人だよ。母が生きてるあいだは孝行したつもりだし、あたしたちはいい母娘だった。それで充分。火事の偽装の件も含めて、父も母も文句は言わないでしょう」

まだ若い西ノ森は、どう反応したらいいのかわからない様子だ。

皐月は出しそびれていたコーヒーを自分用にして、新たに彼のためにサイフォンをセットした。

手が空いたところで、西ノ森が切り替えるように口を開く。

「他の二体の遺体について、また市川さんと同じく行方不明になっている御園さんとヒナさんについては、何か心あたりはありませんか」

「わかんないな。ヒナさんの姿を見たのも、あの火事の翌日が最後だし」

「ヒナさんはいつごろまで屋敷にいたんでしょう。お手伝いに行っていたお母さんから聞いてませんか」

「市川さんの件のあと、母も本当に紫峰家と距離をとるようになったの。終戦の年にご一家が亡くなったときは、玲二さんに頼まれてお屋敷の整理を手伝いに行ったみたいだけど、様子は何も聞かなかったな。体の不自由な旦那さまとお嬢さんたちが女中の世話なしに生活するのは無理だろうから、霜妻さんかヒナさんか、あるいは両方が、最後までいたはずだとは思うけど」

これは秘密よ、と薄く笑ったヒナの顔を思い出した。戦地におもむく父の背中、役場の前でほほえんだ桜、深夜に家を出ていく市川。誰かとの最後の瞬間は、あとにならないとわからない。

皐月は組んだ両手を天井に向かってぐんと伸ばした。勢いよく振り下ろし、息を吐く。

「さて、話すことはこれで全部かな」

知りたかったことははっきりしないままだが、少なくともすっきりはした。

年季の入った壁の時計に目をやると、短針が5の手前まで来ている。あと三十分もすれば開店時間だ。

西ノ森も気づいて、あわてて残ったカレーをかきこんだ。もう何ごはんかわからない。

「ねえ、西ノ森さん。あんた、警察の人じゃないね」

あの朝の母のようになにげない口調だと、自分で思った。西ノ森の動きが止まる。夕暮れの逆光で表情はよく見えない。

「最初に二体の遺体が発見されたって報道が出てから、二週間くらいあとかな。このあたりをあやしい男がうろついてて、あたしのことをあれこれ聞きまわってたらしいの。娘の亭主が刑事でね、そのことを相談したら、そいつは探偵じゃないかって言ってたわ。なんであたしが調べられるのかと思ってたけど、そしたら西ノ森さんから連絡がきた。あの探偵さんはあなたが雇ったの？　西ノ森さんはちっとも刑事には見えない。そもそも刑事なら、遺体について性別も何もわからないなんてことはないでしょ。娘の亭主が言ってたけど、骨って男女で全然違うんだって。鑑定すればもっといろいろわかるよね」

西ノ森の唇が動きかけた。その前に皐月は、「なんてね」と冗談にした。

「年寄りの言うことを何でも真に受けちゃだめだよ」

御園春彦の名前が出ると西ノ森がわずかに身構えることに、皐月は気づいていた。ひょっとしたら御園の関係者なのかもしれない。だが、そのことは口にしなかった。彼が刑事であろうとなかろうと、他の何かだろうと、どうでもいい。

抱えてきた秘密を打ち明けたかった。そして、できれば真実にたどりついてほしい。たとえ自分は知ることが叶わなくても。それが桜と市川への供養になるのか、それどころか名誉を汚す行為になるのか、わからないけれど。

「ごちそうさまでした」

西ノ森が深く頭を下げた。

「あらやだ、自慢のコーヒーも飲んでってよ」

彼が何者であれ、父から夫へ受け継がれたカレーを気持ちよく平らげてくれた青年に、好意を抱かないのは難しい。

コーヒーも残さず飲みほした西ノ森は、丁重に礼を述べて帰っていった。

一緒に表へ出て西ノ森を見送った夫が、妙にまじめな調子で言う。

「ところでおまえ、心残りになっていやなことなら、まだあるだろ」

「え？」

「へそくりの場所はちゃんと言っとけよ」

「あんたねえ。ばか言ってないで、ほら、仕事仕事」

肩をどやしつけて店内に戻ろうとしたとき、皐月を呼び止める声があった。ふり向くと、見知らぬ若い女が軽く頭を下げた。

「突然すみません。私は紫峰玲二の代理人です。少しお話をうかがってもよろしいでしょうか。先ほどまでここにいらした男性についても」

□□□

Title: 調査報告③

連絡が遅くなり申しわけありません。
新事実が多数判明したため、情報をまとめるのに時間がかかりました。

ご依頼の件につきまして、聞き取り調査の結果をご報告いたします。

対象者：山岸皐月、七十三歳
父親の勤務期間：一九三五（昭和十）年〜一九四〇（昭和十五）年
母親の勤務期間：一九三五（昭和十）年〜一九四〇（昭和十五）年。ただし退職後
　　　　も手伝いを続けていた。
証言の期間：一九三五（昭和十）年〜一九四三（昭和十八）年。
当時の年齢：五、六〜十五歳

証言の詳細は添付のテキストファイルをごらんください。
重要と思われる点を以下にまとめます。

〈一九三九（昭和十四）年の火事〉
・現場は葵の部屋ではなくピアノ室だった。
・使用人たちにより、ピアノ室が葵の部屋であったように見せかける偽装がおこなわれた。
・紫峰一家も口裏を合わせたと思われる。
※火をつけた葵は、茜との無理心中を図ったか？
※偽装の理由は、葵の目的が茜との無理心中でなく単独の自殺だったとするため？

〈一九四三（昭和十八）年八月の市川時生の足取り〉
・戦争画展を見学。
・紫峰邸で太一郎と葵に会ったのち、山岸邸へ。一週間滞在し、紫峰家に関する何らかの調査をおこなっていたと思われる。
・女中頭の霜妻と口論。

・深夜、謎の人物（男？　紫峰家の関係者か？）とともに山岸邸を出て以降、消息不明。

※山岸夫人と神山が関与している？
※市川は使用人たちに殺害された（＝発見された遺体のひとり）？

市川が使用人たちに殺害されたという説は、信憑性が高いように思いますが、動機がはっきりしません。使用人たちは火事に関して偽装工作をおこなっているが、たとえばそれを市川が調べていたとしても、彼を殺害するほどの動機になるとは思えません。

〈紫峰邸にいた人物〉
・火事時……太一郎、葵、桜、茜
　　　　　　神山、霜妻、相楽、岡林、ヒナ、山岸夫妻（通い）
・市川失踪時……太一郎、葵、桜、茜
　　　　　　　　神山、霜妻、ヒナ（？）

戦争画展の件ですが、山岸皐月より情報が得られました。市川は『祈り』を気にかけていたようです。また、岡林も展覧会に足を運んでおり涙まで流したにもかかわらず、その事実を隠していたことが判明しました。岡林は他にもヒナの声帯模写の情報を伏せており、証言の信頼性に疑いがあります。

せめて遺体の性別でもわかればと思いますが、警察から情報が公開されないのは、事件性なしと処理されたからでしょう。仮に他殺の痕跡が残っていたとしても、六十年も前の殺人が事件として捜査されることはないだろうと、法学部の友人から聞きました。

広瀬竜吉にようやくアポイントメントが取れたので、明日、聞き取りをおこないます。

追伸：皐月の言っていた探偵に心あたりはありますか。

□□□

Title: Re:

報告ありがとうございます。引き続き調査をお願いします。

山岸皐月について調査していたのは、あなたに渡した関係者リストおよび資料を作成するために、私が雇った調査会社の人間だと思われます。

体調が優れませんので、取り急ぎ。

広瀬竜吉

古い邸宅の床下にもぐりこみ、すいた床板のあいだに片目を押し当て、上の部屋の欄間にほどこされた彫刻を見つめる。二頭の馬がたてがみをなびかせ、力強く疾駆する。

同じ床下に、年上の少女が膝を抱えて座っている。長い睫毛《まつげ》に縁取られた両目を閉じ、全神経を耳に集中させている。

自分は見る。少女は聞く。

閉めきられた室内で男女が発する音を、愛の音、と彼女は表現した……。

会長、会長、と自分を呼ぶ秘書の声で、広瀬は浅い眠りから覚醒《かくせい》した。夢を見ているのはわかっていたから、とまどいはない。壁一面の大きな窓から東京湾が一望できる、長年使い慣れた会長室だ。

「西ノ森さんがお見えになっています」

「通してくれ」

革張りの椅子に身を沈めたまま、机上の電子時計に目をやると、午後五時、ちょうど約束の時刻だった。秘書に案内されて、コットンシャツにチノパンの青年が入ってくる。ずいぶんと背が高い。表情が硬いのは緊張しているせいだろう。

肘掛けを支えにして立ち上がった広瀬に、青年は深々と頭を下げた。

「お忙しいところお時間をいただき、ありがとうございます。西ノ森泉《いずみ》です」

「会長なんてただのお飾りのじじいだよ、暇なもんさ」

近くに立つと、背の高さがいっそうよくわかる。広瀬も同年代のなかでは高いほうだが、西ノ森の鼻のあたりまでしかない。

「日本人にしてはかなり大きいな。百八十は超えてるだろう」

「母からの遺伝だと思います。その父親も長身でした。僕は十八までアメリカで育ったので、食生活の影響もあるのかもしれませんが」

「帰国子女か」

「ではなくて、日系アメリカ人なんです。母方の祖父と祖母が移民一世で、母は二世、父も一世です。大学からひとりでこっちへ来て、五年目になりますね」

広瀬は秘書を下がらせ、内扉でつながった隣室へと西ノ森をいざなった。そこはプライベートな応接間で、バーカウンターやオーディオといった趣味のものを置き、インテリアも美術的な価値を抜きに好みだけで選んでいる。テーブルセットは会長室のものと比べるとグレードが下がるが、この会社の前身に当たるＨＩＲＯＳＥ家具販売株式会社が初めてリリースした、記念すべき国産家具第一号だ。

テーブルには正絹の風呂敷包みが置いてある。西ノ森がそれに注目しているのを横目に捉えながら、バーカウンターから焼酎を取ってふたつのグラスに注いだ。

「まあ、つきあえよ。家族や秘書の目がないところでないと、好きに飲むこともできん」

向かい合わせに腰を下ろし、先にぐびりとやる。西ノ森もグラスに口をつけたが、焼酎はあまり得意ではなさそうだ。大学院の一年生ということだが、広瀬はもっと若いころから焼酎党だった。

「さて、まず質問だ。民俗学の研究をしてる学生が、どういうわけで紫峰邸から出た遺体について調べてるんだ」

「じつは先にお話をうかがったかたがたには、Ｘ県警の刑事だと嘘をつきました」

思いがけない告白に、広瀬は少し感心した。

「誠実そうな顔して、なかなか図太い神経をしてるな」

「ただの大学院生が急に話を聞きたいと言っても、相手にしてもらえないと考えたんです。民俗学のフィールドワークでさえ、うさんくさがられることがありますから。

でも広瀬さんのような立場のかたに、こんな嘘は通用しないと思いました」

「そりゃそうだ」

広瀬が会長を務める株式会社ハイローズは、銀座《ぎんざ》とお台場《だいば》にショールームを持つ、国内有数の高級家具メーカーだ。会う人間には常に気を遣い、相手の素性はひととおり調べるようにしている。もちろん西ノ森泉についても大学に照会済みだった。

「俺がうさんくさいやつをおもしろがる性格でよかったな。で？」

「紫峰邸の遺体について調べているのは、ある人から依頼を受けたからなんです」

「そいつはどこの誰なんだ」

「すみません、全容が明らかになるまでは伏せてほしいというのが依頼人の希望です」

勝手な言い分なのは重々わかっているらしく、西ノ森は気まずげに目を伏せる。広瀬は親指と中指でグラスをつまみ上げ、弄《もてあそ》ぶように揺らした。

「ま、図々しいのは嫌いじゃない。そのくらいのほうが商売では成功するからな」

西ノ森がぱっと目を上げる。

「では」

「ああ、憶えてることは話してやる」

「ありがとうございます。広瀬さんに一番うかがいたいのは、三人の行方不明者についてです。ですが、まずは広瀬さんと紫峰家の関係から教えていただけますか」

「うちの親父が紫峰家の出入りの家具職人だったというだけさ」

――たっちゃん。

記憶のかなたから聞こえてくるあどけない声に、広瀬は気づかないふりをした。

西ノ森がボイスレコーダーとメモの準備をしているあいだに、スイス製の自動巻き腕時計を確認する。次の予定は七時、赤坂で会食だ。あと二時間。

広瀬はグラスをテーブルに置いた。

＊＊＊

うちはもとは材木屋でな、親父の代になって木工所を開いた。親父は横浜《よこはま》で修業した洋家具職人だったから、本当はそっちを稼業にしたかったようだが、横浜や東京だったらともかく、譲町ではそうもいかなくてな。建築用の資材や工場の部品を作るかたわら、趣味に近い形で洋家具を作ってたんだ。

そんな親父にとって、紫峰の旦那はありがたい客だった。ヨーロッパ留学から帰国して先祖伝来の丘に洋館を建てた旦那は、新居で使う家具の一部を親父に発注してくれたんだ。おまけに外国や横浜から取り寄せたものの修理も任せてくれた。洋家具の仕事ができるってだけで、親父にとっては願ったり叶ったりだ。旦那の注文はなかなかうるさかったようだが、親父は何でもへいへい聞いてやったもんだから気に入られて、屋敷のちょっとした修繕や何かの、洋家具以外の仕事にもよく使ってもらえるようになった。

ふたりのあいだには、身分を越えた友情みたいなもんがあったのかもしれない。三女の茜を産んだときに奥さまが産褥死《さんじょくし》した話は、どっかで聞いたか。旦那は薬屋で医者の免許も持ってたからな、妻を救えなかったことがよほどこたえたんだろう、相当な荒れかたをしたらしい。それを親父が根気強く励ましてやったんだそうだ。

一方、旦那のほうも、葵の婚約記念の贈りものを親父の木工所に発注してくれたりしてな。すみれの模様が象嵌《ぞうがん》された小箱だった。もちろん腕に対する信頼もあったんだろうが、紫峰家は言わずと知れた名家でお相手は伯爵家だ、ふつうなら田舎のちっぽけな木工所が請け負える仕事じゃない。職人たちの志気はすさまじかったよ。

戦争で木工所は焼けてしまったが、復員してきた親父は木工所を再建して発展させ、広瀬木材工業株式会社にした。一九六〇年代に新たに立ち上げたＨＩＲＯＳＥ家具販売株式会社も、今の株式会社ハイローズも、もとをたどればあのちっぽけな木工所に行きつく。

親父は死ぬまで「紫峰の旦那さまのご恩」を口にしてたよ。屋敷が荒れはてていくのを見すごせないって、買い取ろうとしたことがあるくらいだ。結局、交渉がうまくいかずに破談になったがな。もしうまくいってたら、うちが遺体を掘り出す羽目になってたかもしれないわけだ。

破談になったのは、旦那の跡を継いでた弟の玲二が、首を縦に振らなかったからさ。一族にとって思い入れのある屋敷だから、他人に渡すことはできないってな。今は玲二の娘婿に代替わりしてるんだったか。いっぺんどっかのパーティーで見かけたが、経理畑出身らしく数字の扱いが得意そうな男だった。屋敷の売却を決めたのはやつなんだろう。

紫峰邸に対して俺に親父のような愛着はないよ。だが玲二が思い入れうんぬんを語ったとき、だったらちゃんと管理しろとは思ったたな。いい屋敷だったんだ。ガキのころに親父の手伝いで何度か出入りしたが、美しい調度や内装を見てわくわくしたもんだ。階段の手すりに彫られたアカンサス、ステンドグラスを縁取る木枠の装飾。ちらりとしか見られなかったもんでも、はっきり目に焼きついてる。

＊＊＊

広瀬は懐から葉巻を取り出して火をつけた。

「いらんことをしゃべりすぎた。俺も歳を食ったな。じじいそのものの行動だ」

「いえ、興味深いお話です」

「で、訊きたいのは行方不明者についてだったな」

西ノ森の表情が引きしまった。紫峰邸から出た三体の遺体と三人の行方不明者につながりがあると考えているのだろう。

「市川時生、御園春彦、唐沢ヒナの三名が行方不明になっていると、あなたは本橋信子さんにおっしゃったそうですね」

「正確には、消えたと言った気がするがな」

「それから二十年以上たった今も、市川さんとヒナさんの所在は明らかになっていません」

広瀬はちょっと眉を上げた。

「ふうん、御園の所在は明らかになってるのか」

「三人が行方不明になったことを、あなたはなぜご存じだったんですか」

西ノ森は答えずに質問を続けた。まあいい、乗ってやることにする。

「簡単な話さ。御園のことは戦中ずっと憲兵が捜しまわっていた。市川とヒナの場合は、戦後になって消息を知らないかと譲町を訪ねてきた者があった。だから、ああ行方知れずなんだなと思っただけだ」

「市川さんとヒナさんを捜しにきた人というのは？」

「市川を捜しにきたのは親類の男だったな。終戦後すぐのころだ。昭和十八年に結婚のために戦地から一時帰国して、夜見坂駅で目撃されたのを最後に行方が知れなくなったと言っていた。軍隊の休暇中に消えたわけだから、当時は軍のほうでも捜したらしいがな」

見つからずに脱走兵という扱いになったらしい。戦後のごたごたのなかでは、まともな捜索もおこなわれなかっただろう。

「ヒナのほうは、終戦から五年くらいたってからだったか、養母と名乗るあだっぽい女が来た。身なりがみすぼらしかったから、ヒナを生活の頼りにしようと思ったのかもな。だが、ヒナは昭和十八年の初夏にはもう屋敷にはいなかったはずだ」

「それまでに辞めていたんですか？」

「だろうな。そのころに屋敷の女中頭、たしか霜妻といったか、彼女がそう言うのを聞いたんだ。配給所に並んでるところをたまたま見かけたんだが、お宅ではまだ女中を雇ってるのかと婦人会の連中に詰め寄られ、女中はもう自分しかいないと答えていた」

終戦の二年前、国民は全員お国のために労働すべしという時代だ。

「体の悪い紫峰一家の世話と、あのでかい屋敷の管理を、老いた神山と霜妻だけでこなすのはたいへんだったろうな。岡林がよく手伝っていたとはいえ」

「え？　岡林さんと紫峰家のつながりは切れていなかったんですか？」

「あいつは屋敷を辞めて、うちの木工所から目と鼻の先にある金属加工工場で働いていたが、ちょくちょく用を聞いてやってたんだよ。終戦の年に一家が死ぬまでずっとだ」

西ノ森は眉をひそめてノートにペンを走らせた。

「昭和十八年は、戦争画展が開催された年でもありますね」

「ああ、会場の設営にうちが関わってたんで、俺も一応は顔を出したぞ。開会式で来《らい》賓《ひん》の偉そうな年寄りが、葵の作品を新境地だなんだと絶賛してたよ。俺は従来の作品を見たことがないからわからん。今は絵画の収集もしてるが、当時は平面の作品にはまったく興味がなかったしな」

「会場で紫峰家の関係者、たとえば岡林さんや市川さんに会われませんでしたか」

「いや、誰にも会ってない。市川とはよそでなら会ったけどな」

「よそというと？」

「うちを訪ねてきたんだよ。展覧会の期間中に」

つまり失踪する直前ということだ。西ノ森の目に力がこもる。

「来訪の目的は何だったんですか」

「何だと思う」

「紫峰家について調べていたようだとは聞いていますが」

広瀬はにやりと笑った。

「そのとおり。そして、市川はあるとんでもない説にたどりついていたんだ。三姉妹は使用人たちによって殺されている、と」

＊＊＊

「やあ、竜吉くん。大きくなったね。親父さんはいるかい」

そう声をかけてきた市川はずいぶんとやつれていた。笑顔だったが、頬が削《そ》げて目の光ばかりがやけに目立ってたな。

昭和十八年八月。十六歳だった俺は、木を角材に加工する作業中だった。

親父は兵隊に行ったと言うと、市川は落胆したようだったが、ちょっと話をしないかとわざわざ外へ誘ってきた。そして俺を木工所の裏へつれていき、深刻な口ぶりで切り出したんだ。

「十四年の十二月にお屋敷で火事があったろう。それ以降にきみはお屋敷へ行ったかい」

俺は唐突な質問に面くらいつつ、半年後くらいに雨樋《あまどい》の修理に行ったと答えたよ。

「そのときお嬢さんたちに会ったかい」

「会ったわけじゃないが、庭で作業をしてるときに二階のバルコニーに立つ茜を見たよ」

茜は頭部を黒い頭巾ですっぽりおおい、両手には同色の手袋を嵌《は》めていた。あさってのほうを向いて、俺には見えない何かに話しかけているようだったな。

「茜さんの様子に妙なところはなかっただろうか。違和感を覚えるようなことは。親父さんは何か言ってなかったかな」

茜は頭がおかしい娘として知られていた。市川はそうなる前に屋敷を出ていたから、最初はそのことを言ってるのかと思ったが、どうも感じが違う。

「あんた、何が言いたいんだ。俺だって暇じゃないんだぞ」

まどろっこしくなって踵《きびす》を返した俺の手首に、市川の手ががっちりと食いこんだ。そして、やつはいきなり叫ぶように言い放ったんだ。

「三姉妹は使用人たちに殺されてるんじゃないのか」

こいつは頭がいかれちまったに違いないと思ったな。戦争でよっぽどひどい体験をしたんだろうと気の毒になったくらいだ。

俺の反応なんかおかまいなしに、市川は一方的にまくしたてたよ。戦争画展の葵の絵がまったく彼女らしくなかった。銃後の女性作家に求められがちなモチーフを選ぶなんて、彼女の主義に反している。屋敷を訪ねて葵に会ったが、言動に違和感があった。泊めてくれるように頼んだが、納得しかねる理由で断られた。

　不審な金の動きがあるとも言ってたっけな。火事のあと紫峰家の不動産の一部が売却されて、その金が使用人たちに流れていると。たとえば賭博《とばく》好きの相楽にはかなりの借金があったのにすっかり清算されただの、神山が長患いで入院している娘を金のかかる病院に転院させただの。

「使用人たちは火事の晩に三姉妹を殺害し、目の見えない旦那さまをうまく騙して、紫峰家の財産を好きにしているんだ」

　荒唐無稽としか言いようがないだろう。

「じゃあ、あんたが会った葵は偽者だって言うのか。俺が見た茜も」

そんなことはありえない。俺はひとりごとをつぶやく茜の声だって聞いてるんだ。あの声としゃべりかたはたしかに茜のものだった。

　ところが市川は大まじめにうなずくじゃないか。

「偽者の正体はおそらくヒナだ。ヒナが三姉妹のふりをしているんだよ。昔、葵さんに聞いたんだが、ヒナには声帯模写という特技があるらしい。それはみごとなものだそうだ。三姉妹の背格好は似ているし、ヒナもだいたい同じだろう」

　開いた口が塞がらなかったよ。

「町の人たちに話を聞いてまわったが、火事以降、三姉妹がそろっている姿を見た人は誰もいないんだ。これはヒナがひとりで三役を演じているからだと思う。目の見えない旦那さまの前では三姉妹を同時に演じられても、目の見える人の前ではそういうわけにはいかないからね」

こじつけもいいところだ。あの三姉妹はもともと、仲よく三人で行動するような姉妹じゃなかった。

「その話、他の人間にもしたのか？」

呆れながら尋ねると、市川は痛ましげにうなずいた。

「霜妻さんと誠くんに話したが、ふたりともはっきり否定したよ。霜妻さんは怒って、軽く脅しのような言葉まで口にした。誠くんのほうはひどく怯えた様子で、それこそ他の使用人たちに脅され、口止めされているのかもしれない。使用人はみんな気のいい人たちだと思っていたが、悲しいかな、やはり前科者は前科者だったんだ。神山さんも病気の娘さんを思うと金の誘惑に勝てなかったんだろう」

使用人の何人かが前科持ちだというのは俺も聞いたことがあったが、心を入れかえて立派に働いているように見えたよ。目の前の市川のほうがよほど危険に思えた。やつは妄想に取りつかれていたんだ。

戦争ってものはこうまで人間を壊してしまうのかと、俺は怖くなってその場から逃げ出した。市川は何か言っていたが、追いかけてはこなかった。

＊＊＊

「三姉妹が使用人たちによって殺害され、以後はヒナが三姉妹を演じていた……」

西ノ森は瞬《まばた》きすら忘れたように、自分が書いたメモを見つめていた。ぶつぶつ声を出している自覚もないのだろう。

青年が情報を整理するのを、広瀬は葉巻をくゆらせながら待っていたが、ややあってためらいがちに発せられた問いは意外なものだった。

「確認ですが、雨樋の修理に行ったとき広瀬さんが見たのは、たしかに茜さんでしたか」

「なに？」

「距離のある状態で顔を隠した茜さんを見て、どうして彼女だとわかったんでしょう。声やしゃべりかたがそうだったということですが、広瀬さんはお父さんのおともでたまにお屋敷に行くだけだったんですよね。まして当時の茜さんはほとんどピアノ室にこもりきりだったと聞いています。茜さんが話すのを耳にする機会がそんなにあったとは思えなくて」

返す言葉がなかった。

――たっちゃん。

またあの声が聞こえてくる。

広瀬は軽いため息をついた。できれば話したくなかったがしかたない。

「茜とはちょっとした縁があったんだ」

＊＊＊

呉服屋の妾宅《しょうたく》、そのいちばん奥の座敷に、江戸時代の名工が作った十二枚の欄間があると教えてくれたのは、木工所の若い職人だった。竜坊、そこの欄間に彫られた動物たちはみんな生きてて、夜中になったら動きだすんだってよ。

俺は物心ついたころから木工品が好きでな。腕が取れた如来《にょらい》像やら料亭の格子窓やら、いい品があると聞けば、人んちだろうが寺だろうが忍びこんだよ。

欄間の話を聞いたときは八つか九つだったか。さっそく学校が終わったあと妾宅の床下に潜りこんだ。さすがに堂々と入っていくわけにはいかないが、廊下からなら覗けるかもしれないと考えたんだな。

ところが、そこにはなんと先客がいた。蜘蛛《くも》の巣だらけの暗がりに膝を抱えて座る、女学校の制服を着た少女。最初は幽霊だと思ったよ。でも恐怖は感じなかったな。そんなことより欄間が見たかったんだ。

床板の隙間に目を当ててると、二頭の馬の彫刻が少しだけ見えたよ。あのすばらしさは言葉で伝えられるもんじゃない。俺はひと目で若い職人の話を信じた。夜中まで待って、馬が走るところを見たいと思った。

だがそうもいかず、日が暮れてきてしかたなく床下から這《は》い出したとき、後ろから出てきたのがお屋敷の茜だってことにようやく気づいたんだ。顔だけは知ってたし、そうでなくてもあんなきれいな手の娘はそうそういない。畑でも山でも家ん中でも、仕事をしてりゃあんなふうではいられないからな。音楽学校へ行く前の年だったから十五歳か。

驚いたか。俺もだ。いったい何をしてたんだと訊いたら、愛の音を聞いていたと言われて、わけがわからなかったよ。つまり男女の情交の音だったんだが、それがわかっても困惑するばかりだった。金持ちのお嬢さまってのは変わってんなあと思ったよ。変わってんのはお嬢さまじゃなくて茜だったわけだけどな。

のちに茜はおかしくなったと誰もが嘆いた。だが本当はそうじゃない。世間の基準で言えば、最初からまともじゃなかったんだ。ただうまく隠してただけさ。

「あらゆる音に興味があるの。家では聞けない音を求めて、こうしてこっそりあちこちへ出かけるのよ。家族や使用人にばれないようにするのは、ちょっとたいへんだけどね。川で子どもが遊ぶ音も、山で猟師が鳥を撃つ音も聞いたわ」

「そんなとこへひとりで？」

「妾宅よりはふつうでしょう。ここのことは使用人の有働と相楽が話していたの。来年、東京へ行ったら、もっといろいろ試してみるつもり」

「あんたがピアノを弾くのは知ってる。でも、ただの音を聞いて何になるんだ」

「いろんな音を聞かなくちゃ、私の音楽を作れないわ」

名工の仕事を知らなくちゃ、いい作品は作れない。ふだんから親父がそう言ってたから、茜の理屈はなんとなく理解できたよ。

何度か屋敷に出入りしている俺のことを、茜はまったく憶えてなかった。家具職人の広瀬の子だと説明しても明らかに関心がなさそうで、一時間後にはここで会ったことさえ忘れてるんじゃないかと思ったな。

「人間が出す音には興味があるけど、人間そのものには興味がないの」

あっけらかんとそう言ってのけたよ。

だが俺のうちが木工所だと話すと、急に目の色が変わった。木工所の音を聞きたいからつれていけと言うんだ。相手は得意先のお嬢さんだし、妾宅を覗いてたことを知られてもいる。考えてみりゃ妾宅の件に関してはお互いさまなんだが、どうも逆らえない雰囲気があってな。

学校のあと茜と待ち合わせてつれていったよ。職人たちの目を盗んで資材置き場の隅に座らせ、大きなシートで全身をおおい隠した。音がくぐもると茜はいやがったが、そこは言うことを聞かせてな。俺はいつものように職人たちに混じって作業の手伝いをしたものの、シートが気になって何度かミスをやらかしたよ。でも茜は身じろぎひとつしなかった。妾宅の床下にうずくまっていたときと同じに。

木材を機械で裁断する、鉋《かんな》をかける、錐《きり》で穴を穿《うが》つ、釘《くぎ》を打つ。俺が聞き慣れた作業音は、茜にとっては「森が生まれ変わる音」だった。無事に木工所を抜け出したところでそう聞かされ、なるほどうちの仕事はそういうふうにも言えるのかと思う一方、やっぱりへんな女だとあらためて思ったよ。

「音にしか興味がないって言ったよな。そういうの、学校でも隠してるのか」

そう訊いたのは、俺も似た者だったからだ。茜ほどじゃないにせよ、俺も学校ではやってる遊びなんかにはあまり興味が持てなくて、できればずっと木工品を見たり木に触れたりしていたかった。それを見すかしたやつに絡まれることもあって、うっとうしく思ってたんだ。

茜はいたずらっぽく笑って答えた。

「私がひとつの楽器だとしたら、家族や学校はオーケストラよ。私の独奏はそこでは必要とされていないから、家ではお父さまの、学校では先生やそのときどきの誰かの指揮に従って、求められたときに求められたとおりに合奏をしてる。それはそれでいいものよ」

意味がさっぱりだ。だが茜は話はおしまいとばかりにくるりとよそを向き、手近に生えていた葉っぱをぷちんとちぎって、それを唇に押し当てて草笛を吹いた。お嬢さまらしくもなく、じつにうまいもんだったよ。市川に教わったと言ってたな。あいつは三姉妹を自分の妹のようにかわいがってたんだ。

初めて聞くのに妙に耳になじむメロディだったから、俺は曲名を尋ねた。

「曲名はないわ。さっき聞いた森が生まれ変わる音が、私の体を通るとこうなる」

わけもなくぞくっとしたよ。俺も同じ葉っぱをちぎって同じように吹いてみたが、メロディどころか気の抜けた音がちょろっと鳴っただけだった。悔しくはなかったな。俺の体は音楽を作るようにはできてないんだと、自然に理解できたんだ。

あの床下で、俺は見て、茜は聞いてた。そういうことなんだよ。

俺は持ち歩いてた小刀を茜にやった。森が生まれ変わる音を自分でも出せるように。茜は鞘《さや》を外して刃を残照にかざし、じいっと見つめてたっけな。

このときから、俺は徐々に周囲と合わせる術を身につけ、くだらないいざこざにわずらわされることもなくなっていった。表面を偽ったって俺は俺だとわかったんだ。開き直ったと言ってもいい。

茜とはそれからも何度か妾宅の下で会ったよ。最初のときに幽霊だと思ったのは、シチュエーションのせいばかりでなく、あいつの持つ雰囲気のせいでもあったんだとあとで気づいた。暑いさかりだったのに、記憶の中の茜は汗ひとつかいてないんだ。いつも人ではない何かを相手にしてるような感覚があったな。

それは茜が音楽学校を辞めたあと、また同じ場所で会ったときも変わらなかった。きれいな見た目も、床下に膝を抱えて座る恰好も、何も変わってなかった。だが、はっきりと変わってしまったことがあったんだ。

「もう一度、愛の音が聞きたかったんだけど」

茜は自分の右耳をもぐようにつかんで、ぽつりとつぶやいた。

「やっぱり聞こえない」

その顔は俺の目にはさみしそうに見えたよ。勘違いかもしれないがな。

茜は聴力を失いかけてたんだ。

俺は茜の左隣に座って話を聞いた。そうしたら会話がしやすいってことだった。おそらく今でいう突発性難聴というやつだったんだと思う。音楽学校に入ってすぐに、突然、症状が現れたそうだ。風邪を引いたせいかと思って放置していたら、発症から一ヶ月で右耳の聴力が半分くらいまで低下してしまっていた。事態の深刻さに気づいて病院へ行ったときには、もう手遅れだったらしい。そんな病気があることさえ知られてなかった時代だから、どんな名医にかかっても原因も治療法も不明。茜はひとりで音楽学校を辞める決断をしたんだ。

　家族には内緒にしてると言われたのには、茜のやることとはいえさすがに仰天したよ。

「お母さまが亡くなったとき、お父さまは己の無力を責めてひどく苦しんだそうなの。その再現をする必要はないでしょ。家族に明かしたところで私の耳は治らないんだし」

　自暴自棄という感じはしなくて、どちらかといえば冷静な、割りきった言いかたに聞こえたな。俺に話すことで客観化してたのかもしれない。

「右耳はいずれ完全に聞こえなくなるだろうと宣告されたわ。それに左耳もおかしくなってきてるの。私は遠からず、音を失う」

　音にしか興味がないと断言する人間が、音を失う。それがどういうことなのかうまく呑みこめずに、俺はただ床下の奥を見てたよ。一年前と同じ真夏の暗がりに、蟬《せみ》の声が吸いこまれていくような気がした。

「これからどうするんだ」

　尋ねると、蠟《ろう》を固めたようだった茜の顔に、いたずらっぽい笑みが浮かんだ。そういう顔も一年前と変わらなかったな。

「できるかぎりは音楽をやるわ。好きな音を好きなように弾くの。私だけの音楽。だからもう合奏はやめるわ」

　木工所につれていったときの会話を指してるんだと気づくのに、少しかかったよ。俺と話したことを憶えてるとは思わなかった。

「もし音楽ができなくなったら？」

「命を絶つわ」

　あっさりしたもんだったよ。俺も無意識に予想してたんだろうな、驚きはなかった。

「でもひとりでは死なない。誰か道連れを見つけるつもりよ」

「意外だな。あんたでもひとりで死ぬのは恐いのか」

「そうじゃないわ。命が消える音や死後の世界の音があるなら、それを知りたいの。私の代わりに聞いて、教えてくれる人が必要なのよ」

「あの世でも音楽をやるんだな」

「だから道連れさんの言葉が聞こえるうちに、私の耳が完全にだめになる前に行かなくちゃ」

「俺をつれていこうってわけじゃないよな」

「たっちゃんは死にたがってないもの。私と同じくらい解放されたがってる人を探すわ。候補はいるけどね」

　誰だか訊いたが、茜は謎めいた笑みを浮かべるだけだったよ。結局わからずじまいだ。

茜が昼も夜もなくピアノを弾き続けてたのは、そういうわけさ。完全失聴のタイムリミットまでに、少しでも多くの音楽を奏でたかったんだ。人から求められる天真爛漫な三女を演じてる余裕はなかった。茜は合奏をやめて独奏を始めたのさ。耳のことを告白されたあと、親父の手伝いで屋敷へ行って、初めて茜がピアノを弾いてるところを見たよ。まだピアノはサンルームに置かれていて、夏のまばゆい光の中で、細い指が虫の這いまわるように動いてた。あの演奏は衝撃だったな。荒れ狂う感情を内臓ごとさらけ出してるみたいだった。この手にそれをつかまされた気さえした。耐えがたいほど不安をかき立てられるのに、耳を塞ぐことも立ち去ることもできない。音楽といったら学校で習う唱歌か軍歌くらいしかなじみがなかった俺が、気がつくと涙を流してたよ。なぜか妾宅の欄間に棲《す》む馬を思い出した。

わかり合ってたってわけじゃない。茜は一度もあの馬を見なかったし、茜の言う愛の音は俺にとってはただ卑猥《ひわい》なだけだった。だから、俺が本当の茜を理解していたなんて思うなよ。ただ、他の連中よりは少し知っていたかもしれないってだけさ。

茜が帰ってきた翌々年、修理する家具を引き取りに屋敷へ行ったときのことだ。そのころ茜はピアノ室にこもりきりになっていた。だがその日は珍しく一階にいて、俺たちが作業する音を聞いていたんだ。ほぼ完全に失聴した右耳と、半分ほどの聴力になった左耳で。俺もずっと会ってなかったから、耳の状態についてはあとで聞いたんだがな。

そこへめったにない明るい笑顔の桜がやって来て、軍医として大陸に渡っていた旦那が近いうちに帰ってくると茜に告げたんだ。運の悪いことに、背中からだった。茜の意識は俺たちの音へ向いていたせいもあって、まったく聞こえなかったらしい。桜が現れたことにさえ気づかなかったんだと思う。

おかしくなった妹もさすがに喜ぶと期待してたんだろうな、それどころか無視された形になって、桜は愕然《がくぜん》としてたよ。茜の前か、せめて左側に回りこんで、もう一回、伝えてくれればよかったんだが、そんな気になれなかったのは無理もない。何秒かその場に立ち尽くして、そのまま踵を返して行っちまった。「本当にどうしてこんな……」とつぶやいた声には、行き場のない怒りがにじんでたよ。間が悪くて、俺も助け船を出せなかったんだ。

あとで隙を見てそのことを伝えたが、茜は「よかった」とは言ったものの、さして関心がなさそうだった。父親の帰還に対してさえそうだから、もちろん桜を怒らせたことなんてどうでもよかったんだろう。そんなことより、と目をきらきらさせて茜は言ったよ。

「このごろお姉さまたちがおもしろいのよ。ふたりが罵《のの》りあってると、声が聞こえなくても聞こえるの。憎しみや妬みの音。この前、言い争ってるふたりのあいだにたっちゃんにもらった小刀を転がしてみたら、また新しい音が聞こえたわ。桜お姉さまの髪が不恰好になってるのはそのせいよ」

俺はどう答えていいかわからず、ずっと気になっていたことを尋ねた。

「代わりの耳はどうなった」

あれからそれとなく観察してたが、茜と一緒に死にたがりそうなやつなんて見あたらなかったんだ。茜は拗《す》ねたみたいに唇を尖らせた。

「あの子はだめになっちゃった。また探しなおしよ」

「あの子って？」

「私の棺《ひつぎ》はたっちゃんのところで作ってね」

必ず死ぬからね、って念押しにも聞こえたな。道連れ候補だった誰かについては、教えたくないというより、もう完全に興味をなくしたようだった。茜の世界にはもはや存在しない人間だったんだ。

「うちは棺はやってないよ。それに今は飛行機の部品で手いっぱいだ」

時代の流れで、うちも立派に軍需工場の仲間入りを果たしてたんだよ。それってもしろいのと茜は首を傾げたが、まあ、つまらなくもなかったな。

そういえば、この日の帰りに初めてヒナと話したよ。屋敷を出てあとから来る親父を待ってたら、急に肩をたたかれたんだ。荒れてはいたが白いきれいな手で、女中というより、もと芸者の手って感じがしたな。

「あんた、茜さんと親しいのね」

俺と茜が話してるのをどこからか見ていたらしい。観察されてたようで気分が悪かったし、まったく気がついてなかったから、なんだか気味の悪い女だと思った。十六、七の、今から考えりゃほんの小娘だったたってのに、妙な色気とすごみがあったな。とはいっても、茜に比べたらまったくふつうの人間だ。俺と同じにな。

茜という人間は、普通の人間の感覚では理解できない。俺に語れるのは、俺の目を通した茜にすぎない。だから、茜のことを人に話すのは気が進まなかったんだ。たぶん茜は俺にとってカミサマみたいなもんだったんだよ。

＊＊＊

広瀬は深々と葉巻を吸い、ゆっくりと息を吐ききった。西ノ森はカミサマなどと聞いて面くらっているのではないかと思ったが、煙の向こうには思考にふける顔があった。視線を一点に落とし、唇がときどき小さく動く。

「紫峰邸で火事が起きたときは、とうとう茜がやったんだなと思ったよ。だが人死にが出なかったと知って、茜じゃないとすぐにわかった。茜がやったなら、うっかり生き残ってしまうなんてヘマはしない。実際、火をつけたのは葵だったわけだが、茜にとっちゃとんだ迷惑さ。両手に大火傷を負ったんじゃ、ピアノを弾けないうえに、自殺するにも不自由だろう。結局、死ぬときも死にかたも自分で選べないで」

空襲で殺されるとき茜はどんな顔をしていただろうと、今だに考えることがある。茜は東京で大勢の犠牲者とともに仮埋葬されたきりどうなったかわからず、広瀬が彼女のために棺を作ることはなかった。

西ノ森がふいに顔を上げた。頬がわずかに紅潮している。

「その火事なんですが、じつは現場は葵さんの部屋ではなくピアノ室だったことが、ある人の証言から判明してるんです」

すぐには意味がわからず、広瀬は眉をひそめた。

「しかしピアノ室が葵さんの部屋であったように使用人たちが偽装した」

「なんでそんなことを」

西ノ森は昂《たか》ぶる気持ちを抑えるように、ふっと短く息を吐いた。

「その前に、火をつけたのは本当に葵さんだったんでしょうか」

「葵自身がそう認めたんだろう」

「葵さんが生きていれば、そうですね」

広瀬は目を見開いた。妄想に取りつかれた市川の顔が脳裏に浮かぶ。

「どういう意味だ。まさか、きみ……」

「市川さんの言っていた、三姉妹が火事の晩に死亡したという説。使用人たちによって殺害されたというのはさておき、三姉妹の死亡が事実だとすれば、こういうことになります。使用人たちは焼け跡から三姉妹の遺体を発見した。火事のあった日に間宮顕臣氏の訃報がもたらされ、葵さんが強いショックを受けていたことなどから、使用人たちは葵さんが火をつけたのだと判断した。また現場がピアノ室であったことから、葵さんは茜さんとの無理心中を図ったのだと考えた。桜さんも巻きぞえを食ったのだと」

心中という言葉が記憶を刺激した。茜は自殺するつもりで道連れを探していたと、今しがた広瀬自身が話したばかりだ。

「本当の火事現場がピアノ室であれば、火をつけた人物として自然に思い浮かぶのは茜さんです。ただ彼女にはそんなことをする理由が見あたりませんでした。でも広瀬さんのお話によれば、茜さんは死にたがっていた。しかも、同じように死にたがっている誰かを道連れにして」

「茜が目をつけていた相手はだめになったんだ」

「別の相手を見つけたんです。さっき申し上げたとおり、火事の日に顕臣さんの訃報が届いたことにより、葵さんは強いショックを受けていました。使用人たちが自殺の動機になると考えるほどに。さらに、これは使用人たちは知らなかったことですが、桜さんもひそかに顕臣さんに想いを寄せていたんです。桜さんは太一郎さんの介護に疲れはてていたこともあり、落胆は大きかったでしょう」

「茜がふたりの姉を死に誘導した、もしくは殺したっていうのか」

はい、と西ノ森は広瀬の目を見て肯定した。口調が熱を帯びていく。

「しかし茜さんに動機があると知らない使用人たちは、葵さんのしわざだと誤解した。そこで使用人たちは、死んだ三姉妹になりすまし、太一郎さんを騙して、紫峰家の財産を自由にすることを思いつきます。しかし火事現場がピアノ室ではまずい。葵さんが茜さんとの無理心中を図ったなら、それは殺人未遂事件ということになり、警察の詳しい捜査の対象になってしまうでしょう。そうなれば、三姉妹になりすますなんてまず不可能です。だから火事現場を偽装し、葵さんの単独自殺未遂に妹たちが巻きこまれた、というふうに見せかけようとした」

広瀬はやや大げさな動作で、葉巻の灰を落とした。

「驚いたな。つまり三姉妹の死だけでなく、替え玉が三姉妹を演じていたことまで、市川の説に賛成ってわけか」

「ヒナさんの声帯模写は、葵さんと桜さんのまねをするのを山岸皐月さんがじかに聞いているんですが、声も話しかたもそのものだったそうです。前日に会ったばかりの憲兵もまったく疑わなかったと聞きました」

「俺も騙されたっていうのか？」

「広瀬さんが火事以降に茜さんを見たときというのは、庭とバルコニーで距離があったうえ、茜さんの頭部は頭巾でおおわれて声が通りにくい状態だったんですよね」

なるほど、と広瀬はすなおに認めた。絶対に茜だったと断言できるかと問われれば、それはできない。

「このとき茜さんに扮《ふん》したヒナさんは、わざと広瀬さんに姿を見せて声を聞かせたんじゃないでしょうか。広瀬さんと茜さんが親しかったことを、ヒナさんは把握していたんですよね。広瀬さんは茜さんの生存の証人に選ばれた」

しばらく好きにしゃべらせておくことにして、広瀬は葉巻を焼酎に持ち替えた。

「三姉妹のうち茜さんだけが両手にも大火傷を負って、ピアノが弾けなくなったということですが、これは彼女の代わりにピアノを弾ける人間がいなかったせいでしょう。ヒナさんはこの設定を利用して、姉妹それぞれにビジュアル面でも特徴をつけたんだと思います。茜さんを演じるときは手袋を嵌め、他の二人を演じるときは火傷をしていない手を見せる。事実、皐月さんが桜さんのきれいなままの手を見ています」

ちらりと腕時計に目をやる。まだ時間はある。

「茜さんのピアノと違って、葵さんの絵に関しては代わりを務められる人物がいました。戦争画展に出展された『祈り』は、岡林さんが描いたものだと考えられます。その絵は新境地と評されたとのことですが、別人の筆なら当然かもしれません。葵さんはもっぱら油彩をやっていて、『祈り』も油彩の作品です。その葵さんから絵の手ほどきを受けたにもかかわらず、岡林さんは水彩しかやらないそうです。油彩の筆致を隠したいのではないでしょうか」

息を継ぐ間すら惜しむようにして、西ノ森は一気に語った。広瀬の反応が薄いことにもどかしさを感じているのがわかるあたりに、学生の幼さが漂う。

「僕が市川さんの説にある程度の信憑性を認めるのは、市川さんが使用人たちによって殺害された可能性が高いと思っているからなんです」

「なんだって?」

またとんでもない説が出てきた。

「昭和十八年八月、譲町を訪れた市川さんは、山岸さんのお宅に滞在していました。皐月さんによれば、市川さんは深夜に訪ねてきた男性とともに山岸宅を出ていき、そのあと山岸夫人と神山さんが人目をはばかるようにどこかへ出かけていきました。翌朝、皐月さんが目覚めたときには、市川さんもその荷物も消えていました」

「譲駅から汽車に乗り、夜見坂駅で降りる姿が目撃されてたはずだが」

「それが本当に市川さんだったとはかぎりません」

「なんだ、三姉妹だけじゃなく市川も替え玉か」

「市川さんは紫峰家について何か調べていたようだと皐月さんは言っていました。広瀬さんのお話でその内容がわかりました。僕は使用人たちが三姉妹を殺害したとは考えていませんが、その死を利用して三姉妹になりすまし、太一郎さんを騙して紫峰家の財産を自由にしていたのだとすれば、市川さんを殺害する動機になると思います」

「その説でいけば、三姉妹と市川で死人は四人。だが紫峰邸の敷地から出た遺体は三体だ」

「もう一体、発見されないとは言えません」

広瀬は残りの焼酎をひと息にあおった。アルコールが喉を焼きながら胃に落ちていく。ゆっくりと味わい、グラスを置いた。

「俺の意見を言おう」

西ノ森がわずかに身がまえる。

「小説や漫画の読みすぎだ」

いきなり横面を張られたみたいに西ノ森は目をみはった。ショックを受けたというより、ただびっくりしているようだ。そこそこ筋が通っているだけに、ばっさり切り捨てられるとは予想していなかったのだろう。

「ヒナが声帯模写で憲兵を騙した。俺を騙した。いいだろう。だがな、目が見えないからといって、じつの父親を騙しつづけられるなんて本当に思っているのか。俺はそんなことは現実的に不可能だと思う。しかもひとり三役だぞ。使用人みんなで協力したところで、すぐにぼろが出るに決まっている」

広瀬は新しい葉巻を手に取り、しかし吸い口を切るのはやめて指のあいだでもてあそぶ。

「百歩譲って、ヒナによる替え玉説を事実だと仮定しよう。市川はヒナ扮する葵と話して違和感を覚えたと言っている。何年か屋敷に居候していただけの市川が気づいたのに、生まれたときから一緒に暮らしてきた太一郎は気づかなかったのか」

それは、と西ノ森は口ごもった。

「でも、だったら市川さんがこのとき覚えた違和感は何だったんでしょう」

「若い娘が顔に大火傷を負ったんだぞ。それに葵は妹たちをもそんな目に遭わせた張本人だ。今までと変わらないほうがおかしいだろう。旦那や市川だって戦争から帰ってきたら人が変わってたわけだしな」

「では葵さんの絵の作風が変わったのは？」

「時間の経過や心境の変化で作風なんていくらでも変わるさ。もしかしたらきみの言うとおり岡林が代筆したのかもしれないが、葵には描く気がないのに出展依頼が来て断れなかったとか、自分で描くより岡林が描くほうが高評価を得られると考えたとか、理由なんて何だってありうる」

　間髪を容れずに論破して、広瀬はさらに指摘を重ねた。

「それに替え玉を務めたというヒナだが、そのためには顔が焼けただれていなければならない。いくら金のためとはいえ、若い娘が自分の顔を焼くと思うか。それとも頭巾でおおっていただけで、実際には焼かなかったのか？」

　西ノ森はまた言葉につまった。

「……いえ、市川さんが葵さんに頭巾を取ってもらったと、山岸宅で語っています。手の施しようがないほどひどい状態だったそうです。でも、市川さんはそれを見たうえで替え玉説を唱えていたんですよね。ヒナさんはお金のためにそれをやったと」

「市川はいかれてたのさ。まともな判断ができてなかった。金のために顔を焼くだの、何年にもわたって死んだ人間を生きているように見せかけるだの、コストパフォーマンスが悪すぎるしリスクも大きすぎる」

「だけど、実際に不審な金の動きはあったわけでしょう？」

「紫峰家の不動産の一部が売却されて、その金が使用人の手に渡ったらしいというだけだ。ふつうに考えれば、一家四人の体が不自由になったことで負担が増す使用人への特別手当とでも呼ぶべきものだろう。不審でも何でもない」

どうやら反論は尽きたようだ。悄然《しょうぜん》とうなだれるのを見て、本来、西ノ森は正直なたちなのだろうと思う。よく刑事だなどと大胆な嘘をつけたものだ。

「最後に、市川が使用人たちに殺害されたというきみの説だが、やはり不自然だ。それが事実なら、夜中に市川を連れ出した男は、使用人の誰かである可能性が高い。だが市川は、使用人が三姉妹を殺害したと考えていたんだ。つまりやつらは凶悪な殺人犯だ。おまけに市川がそんな説を触れまわったせいで、霜妻からは軽い脅しさえ受けたと言っていた。そんな相手から夜中に呼び出されて、ほいほいついていくとは思えない」

西ノ森からはもはやひとこともなかった。

広瀬は弄んでいた葉巻をケースに戻した。

「そもそも、きみはなぜ発見された遺体と紫峰家を結びつけようとするんだ」

「それは、最初からそういう依頼だったんです。でも、紫峰邸の敷地から出た遺体なら紫峰家に関係があると考えるのはふつうでは？」

その答えを聞いて、西ノ森は現代の若者なのだと思った。

「いいか。太平洋戦争末期には日本じゅうで空襲があって、山ほど死体が出た。きみのお国のＢ29が群れをなして飛んできて、老若男女無関係に殺しまくったんだ。譲町だって例外じゃない。紫峰邸は運よく被災を免れたが、町全体では多くの死者が出て、死体の埋めどころに困ったもんさ。俺も作業に駆り出されたことがある。下半身をなくした母親と首から上のない子どもを、他の無関係そうな連中ともども穴に放りこんで埋めてやったよ。空襲で死んだ人間がとりあえず紫峰邸の庭に埋められ、そのまま忘れ去られたとして、なんらふしぎじゃない」

西ノ森の顔が見る間にこわばっていく。

「うち捨てられた洋館の庭から誰とも知れない遺体が発見されたと言えばミステリアスだが、装飾を剝ぎ取ればありふれた話さ。俺にしてみれば、きみの依頼人がなぜそんな決めつけをしたのかふしぎだな」

広瀬は青年の表情を観察し、まだ納得しきれてはいないようだと見てとった。だったら、とテーブルの上の風呂敷包みに手を乗せる。

「きみの説を完全に否定する決定打をくれてやる」

＊＊＊

昭和二十年五月二十五日、紫峰一家は山手大空襲で死んだ。

東京へ出かける二週間前に、旦那が岡林に付き添われてうちへ来たんだが、東京行きの話を聞いたときは正気を疑ったよ。そのころ東京では毎日のように空襲があったんだ。まして旦那は体が不自由で、娘たちにも火傷の後遺症がある。それでも間宮伯爵夫人の病が篤《あつ》く、もう長くなさそうなので、最後にひと目でも会っておきたいということだった。

聞いてると思うが、間宮伯爵夫人は亡き奥さまの姉だ。三姉妹の伯母で、顕臣の母。奥さまが亡くなったとき、ひどく気落ちした旦那をうちの親父が励ました話をしたな。そのときは間宮伯爵夫人も紫峰邸にしばらく滞在して、親身になって慰め、かいがいしく面倒をみたらしい。娘たちのこともかわいがっていて、葵や茜は東京の学校へ行っていたあいだ世話になったんだそうだ。そういう間柄だから、危険を押しても会いに行きたかったんだろうがな。

旦那がうちへ来たのは、仕事を依頼するためだった。岡林は他の用足しに出かけて、旦那だけが祖父と事務所で話をした。親父はそのころ南の島だったからな。

俺は例のごとく飛行機の部品を作ってたが、しばらくして祖父に呼ばれた。

「竜、親父が旦那の依頼で作った小箱、あれがどこにあるかわかるか」

すぐにぴんときたよ。葵の婚約記念の品として注文されたあれだ。婚約披露パーティーで壊れてしまったのを預かって修理をしたが、葵の結婚が流れちまったんで、うちの倉庫で眠らせてたんだ。

数年ぶりに目にしたそれは、じつによくできてたよ。紫檀《したん》の木目がうまく活かされ、金の縁飾りが繊細で。とくに蓋を飾るすみれの象嵌はみごとだった。周囲から消えて久しい豊かさの象徴に思えて、自然にため息がこぼれたもんさ。紫峰邸もかつてはすみれに囲まれてたが、そのころの庭は防空壕《ごう》と畑になってたからな。

「ああ、やはりすばらしい」

あまりにさらりと旦那が言うもんで、俺も祖父も聞き流してしまうところだった。そう、旦那は箱を見て言ったんだ。旦那の目は見えてたんだよ。

「まだ回復途上なので口外はしないでくれ。娘を含め屋敷の者たちにもだ。ぬか喜びはさせたくない」

小箱に手を加えてほしいというのが旦那の依頼だった。

「蓋を飾るすみれの種類を増やしてほしい。今度こそ嫁ぐ娘に贈ってやりたいんだ」

蓋のすみれにはいくつか種類があって、花や葉の形状が少しずつ違っていたんだ。注意して見れば見るほどいい仕事だった。

もちろん引き受けたかったよ。だが祖父が渋ったのは無理もない。物資が底をつき、誰もが生きるのに精いっぱいで、日本の勝利だけが唯一の希望だった時代だ。全国民は何をおいても戦争を支えるべきで、贅沢品を作ったなんてばれたら、非国民のそしりは免れない。ああいう状況で非国民のレッテルを貼られたらどうなるか。正直、迷惑だと思ったよ。

旦那もわかって依頼してるから、祖父に向かって深々と頭を下げた。紫峰の殿さまこと、紫峰太一郎がだ。俺も驚いたが、年老いた祖父なんか恐れ入ってしまって、なんとか頭を上げさせようとあわてふためいたよ。それでもやっぱり依頼を受けるとは言えなかった。まあ、そもそも旦那と懇意にしてたのは親父だしな。

困りはてていたところへ、ひとりの職人が入ってきて、自分にやらせてくれと申し出た。親父と一緒に紫峰家の洋家具の面倒を見てきたベテランだ。象嵌細工の技法を身につけたいとフランス帰りの職人の工房まで勉強しにいったくらい、熱心な人だった。自分がひとりでやる、木工所はいっさい関係ない、この依頼も聞かなかったことにしてくれ、と彼は言った。

結局そういう形になったから、それ以上の話は聞いてない。嫁ぐ娘というのが誰だったのかも聞きそびれてしまったな。

＊＊＊

「わかったろう。旦那の視力は回復しつつあったんだ。ヒナがどんなに上手に声をまねようが、使用人たちが小細工を弄《ろう》しようが、見破られないはずがない」

衝撃で口もきけない様子の西ノ森の目の前で、広瀬は風呂敷をほどいた。

現れたのは、美しい小箱。蓋がすみれの象嵌で飾られている。

「あのとき依頼を受けた職人は、戦争のどさくさで行方知れずになっていたんだが、昭和も四十年代になってから、女房だという人が夫の遺言だと言ってうちに届けてくれたんだ。すみれの種類がちゃんと増えてる。依頼主は亡くなってしまったが、引き受けた仕事はちゃんと終わらせていたんだな」

広瀬の父は死ぬまで太一郎の恩を忘れなかった。もしあのとき父がいれば、これは父の仕事になっていたはずだ。

ソファの肘かけをそっとなでる。装飾性と機能性を両立させるフォルムを作り出すために、どれだけの時間と資金と労力を費やしただろう。広瀬自身はみずからの手を使う職人にはならなかったが、やはりものを作って生きてきた。

「今ではうちの家宝みたいなもんさ」

「これが……」

西ノ森は心を奪われたように小箱に見入っている。ぼうっとした口調で写真を撮ってもいいかと言うので、快く許可してやった。

内扉がノックされ、そろそろ時間だと秘書が告げる。広瀬は腕時計を確認し、我に返ったようにカメラをしまう西ノ森に笑顔を向けた。

「さて、俺の昔話は役に立ったかな」

「ありがとうございました。的確なご指摘に、正直、途方に暮れていますが。ただ、火事現場の偽装については納得のいく説明をいただけませんでしたね」

「きみはへこたれないやつだな」

「とりあえず、もう一度、岡林さんに話を聞いてみるつもりです」

つれだって会長室に戻ると、東京湾は薄暮に沈みはじめていた。水平線に最後の太陽が引っかかっている。ふと、あの真夏の暗がりを思い出した。

「妾宅の欄間の話をしたろう。あの妾宅は空襲で燃えて、俺は結局、十二枚のうち一枚しか見られなかった。例の二頭の馬が彫られたやつだ。だがあとで人から聞いたところによると、馬は二頭じゃなかったらしい。本当は三頭の馬が疾駆する図柄だったのに、床板の隙間からでは見えなかったんだな。真実ってのはそういうもんかもしれない」

会長室を出たところで、西ノ森はこちらへ向きなおって広瀬を見つめた。

「御園春彦の所在は明らかになっているのかとお尋ねになりましたね。御園は去年、アメリカで亡くなりました。欄間の馬が二頭ではなく三頭だったのと反対に、行方不明者は三人ではなくふたりだったんです」

ぽかんとする広瀬に向かって、あらためて深く一礼する。言いっ放しで去っていく後ろ姿を、広瀬は言葉もなく見送った。

その長身が曲がり角の向こうへ消えてから、ふつふつと笑いがこみ上げてきた。声を出して笑い、やがてそれは哄笑《こうしょう》になった。

なるほど、そういうことか。

会長、と秘書が遠慮がちに声をかけてきた。

「ああ、今行く」

「いえ、そうではなく、お電話です。紫峰玲二さまの代理人と名乗るかたから……」

□□□

Title: 調査報告④

ご依頼の件につきまして、聞き取り調査の結果をご報告いたします。

対象者：広瀬竜吉、七十四歳
証言の期間：一九三六（昭和十一）年夏～一九四五（昭和二十）年五月
当時の年齢：八、九～十七歳

証言の詳細は添付のテキストファイルをごらんください。
重要と思われる点を以下にまとめます。

〈市川の説〉
・火事の日に三姉妹は使用人たちによって殺害された。
・使用人たちは三姉妹が生きているように見せかけ、ヒナがひとり三役で替え玉を務めた。
・使用人たちは紫峰家の財産を着服していた（紫峰家の不動産が処分され、使用人たちが金を得ていることから）。
・目の見えない太一郎は使用人たちに騙されていた。

〈茜〉

茜は失聴により自殺願望を抱いており、心中相手を探していた。


これらの証言と、山岸皐月の証言（桜の間宮顕臣への恋愛感情、使用人による火事現場の偽装、使用人によって市川が殺害された可能性）を考え合わせ、僕は以下のような仮説を立てました。


茜がピアノ室に火をつけ、葵と桜を道連れに自殺する。

使用人が三姉妹の遺体を発見し、葵による無理心中と誤解する。

使用人たちは紫峰家の財産を着服するため、三姉妹の死を隠蔽《いんぺい》し、以降は唐沢ヒナが三姉妹の替え玉を務める。また警察の介入を最低限に抑えるために、火事現場を偽装して事故（葵による自殺未遂に桜と茜が巻きこまれた）に見せかける。

市川が三姉妹は偽者ではないかと疑惑を抱き、紫峰家について調査する。結果、前述の説にたどりつく。
使用人たちが口封じのために市川を殺害する。

この仮説に沿うなら、紫峰邸の敷地から発見された三体の遺体は、三姉妹と市川のうち三人のものと考えられます。今後、新たに四体めの遺体が発見されるか、あるいは市川だけは別の場所に埋められているのかもしれません。

この仮説は広瀬竜吉によって論破されてしまいましたが、完全に捨ててしまうのはためらわれます。四人の聞き取りをおこなってきたなかでの、僕の感触のようなものですが。

また、岡林誠の証言に、新たに不審な点が見つかりました。岡林は一九四三（昭和十八）年に屋敷を辞めたあとも、紫峰家とは密接なつながりを保っていたようです。

再び話を聞きたいと思いますが、彼は体調を崩して入院中とのことで、ご家族から面会の許可をいただけていません。許可が下りしだい訪問するつもりです。

第二部　告白

ルイコ・ミソノ

電話の音に起こされ、西ノ森泉はベッドの中から手を伸ばして枕もとの携帯電話を取った。通話ボタンを押したが呼び出し音は止まず、寝ぼけ眼で何度も連打しているうちに、鳴っているのは固定電話だと気づいた。インターネットのために引いてある固定電話にかけてくる相手は限られている。

あわててベッドから這い出して受話器を取ると、予想どおりの声が「おはよう、イズミ」と告げた。

「おはよう、おばあちゃん」

「その声は寝てたわね。メールの文面はしっかりしてるのに、しゃべるとあいかわらず子どもみたいねえ」

「そんなことないよ。人前ではけっこうしっかりと……」

枕もとのデジタル時計に目をやれば、七時五分。祖母のいるポートランドは十五時五分だ。カーテンを開け、明るい日差しに目を細める。例年になく梅雨明けが早かった東京では、すでに多くの男女が蒸し暑さに顔をしかめて駅のほうへ歩いていく。

「そっちは気持ちのいい季節だね。体調を崩したって言ってたけど大丈夫？」

「平気よ。今、庭でお茶を飲んでるところ。我が家の薔薇は終わってしまったけど」

「今年のローズ・フェスティバルはどうだった？」

たわいない会話の切れ間に、故郷のさわやかな風の音を聞いた気がした。ウッドテラスのテーブルセットで、お気に入りのカップを唇に当てる祖母の姿が目に浮かぶ。バターたっぷりのクッキーを食べすぎた体に、洗いざらしのワンピースをぺろんとまとい、かさついたしわだらけの手で電話を握っている。椅子は二脚。向かいの椅子は今年から空いている。

「メールの返信がなかなか来ないから気になってたんだけど、読んではくれたのかな」

「ええ……」

遺体に関する調査を西ノ森に依頼したのは、母方の祖母であるルイコだ。栗田信子、岡林誠、山岸皐月の三人から話を聞いてほしいと頼まれた。

録音した内容はテキストに起こし、重要と思われるポイントをまとめた文章を添えて、逐一メールで送っていた。あとでリストに加えた広瀬竜吉にも話を聞き、報告を送ったのが一週間前。そのメールには、約一ヶ月の調査から西ノ森が導き出した、だが広瀬によって即座に否定された仮説も一応記しておいた。

「ずっと答えてくれなかったこと、この際はっきり訊くね。おばあちゃんは紫峰邸の遺体の件に、おじいちゃん――御園春彦が関与してると思って、俺に調査を依頼したの？」

最初に会った信子の話に御園春彦の名が登場したときは驚いた。急に調査が他人事ではなくなった。西ノ森の泉《スプリング》という名前は、春彦《スプリング》から取ったものだ。証言のあちこちに現れる祖父の名前には、毎回ひやひやした。祖父が紫峰家の書生だったことも、アカの疑いをかけられて憲兵に追われていたことも、行方不明という扱いになっていることも、西ノ森は何ひとつ知らなかった。

ルイコの返事がないので、西ノ森は用意しておいた答えを先まわりして口にした。

「遺体が誰のものであれ、おじいちゃんは無関係だと思うよ」

沈黙の時間が流れる。そうなるだろうという気がしていた。

話題を変えようと再び口を開きかけたとき、ルイコが唐突に言った。

「あなたのメールに書いてあった仮説、大筋はあってるわ」

とっさに頭がついていかず「え？」とまぬけな声が出る。ルイコは西ノ森の理解を待たずに続けた。

「火事以降の葵は偽者よ。おそらくは桜と茜も。でもね、三姉妹が火事の夜に全員死んだというのは間違い。少なくともひとりは今も生きている」

西ノ森は目をしばたたいた。

三姉妹のひとりが生きている？　山手大空襲で死んだのでも、火事の夜に死んだのでもなく、生きている？

「待って、それ、どういうこと」

大前提がひっくり返され、頭の中が真っ白になる。

電話の向こうで、思いきるような気配があった。

「そのひとりはね、今はアメリカ北西部の薔薇の町で、庭を眺めながらお茶を飲んでるわ。そして孫を驚愕《きょうがく》させている」

西ノ森は息を呑んだ。徐々に言葉の意味が脳に浸透して、受話器を握る手に力がこもる。

押しつぶされて痛む耳に、かげりを帯びた声が届いた。

「私が生まれたときの名前は、紫峰葵。あの火事の夜、私は屋敷から逃げ出したの」

＊＊＊

ちょっと落ち着いて。聞いてきた紫峰葵とあなたのおばあちゃんが結びつかないのはよくわかるわ。今では容姿も性格も違うし、もう絵も描かないしね。

私は何にも知らない甘えたお嬢さんだった。それで許されてたの。でも紫峰の名を捨てたら、そんなんじゃとても生きていけなかったのよ。

一九三九年、それが運命の年だった。

戦地から帰ってきた父は心身ともにひどい状態だったわ。昼も夜も悪夢に苦しんでるような顔をして、毎日おそろしい量の睡眠薬を飲んでいた。戦友の未亡人から手紙が届いたときのことを皐月が話していたわね。とり乱した父が「臆病者は私です」と言ったのが、強く記憶に残ってるわ。臆病者という言葉が父にそぐわなかったから。威厳は足りなかったかもしれないけど、自分の信念のためなら迷わず命をかけられる人だったもの。誠を助けるために川に飛びこんだみたいにね。

追い打ちをかけるように顕臣さんの戦死の報が届いて、私は打ちのめされたわ。愛してたわけじゃない。でも幼いころからよく知ってる従兄だもの。軍人はきらいだったけど、彼はいい人だったわ。結婚して、長い一生を一緒に生きるんだと思ってた。

昔は認めたくなかったけど、たぶん私はきわめて平凡な女だったのよ。いえ、平凡よりもずっと肝が据わってなかったんだわ。自分を庇護《ひご》してくれる父と夫を失って、おろおろとうろたえることしかできないくらい。

でも、このとき人間のもろさを痛感して思ったの。大切な人には自分から手を伸ばさなくてはいけないと。そして全力で守らなくてはいけないと。私に強さが芽生えた瞬間だったかもね。

そう、あなたのおじいちゃん、春彦のことよ。最初は苦手だったわ。ちやほやしてくれる男性が多かったなか、お世辞のひとつも言ってこないどころか、何を考えてるのかさっぱりわからないんだもの。そんな相手と駆け落ちすることになるんだから、まるでロマンス映画よね。

といっても、春彦が屋敷にいたあいだは何もなかったのよ。彼が大学を卒業して屋敷を出たあとは、まったく関わりがなかったわ。

でもその翌々年、私が紫峰家の所有する果樹園へ散歩に出かけると、作業用の小屋に彼がいたの。憲兵が彼を捜して屋敷へ来た年の翌年よ。

ごめん、と頭を下げた春彦は、ずいぶんやつれて汚れてたわ。髪も髭《ひげ》も伸びて、えくぼがなんだか痛々しく見えた。

軍医に志願しろと言われて断ったらアカ扱いされ、追いつめられて逃げたそうよ。春彦の友人が有名な反戦論者のジャーナリストだったこともあって、特高警察にかなりしつこく追いかけられたみたい。彼は憲兵だけじゃなく、特高にまで追われていたのよ。春彦にはもう親兄弟はいなかったから、友人のところをあちこち転々としながら、土地勘がある譲町へ逃げてきたんですって。

「昔、二・二六事件について話をしたときのことを憶えてるかい。僕が『いやだ』と言ったら、何がどういやなのかときみは訊いた。あのときは答えなかったけど、僕は殺すのも殺されるのもいやなんだ。それが知らない誰かであっても」

悲しそうにほほえむ彼を見て、こんな時代になんて生きにくい人だろうと思ったわ。すぐに出ていくという春彦を私は止めた。

「匿《かくま》ってあげる」

「気持ちはありがたいけど、紫峰家に迷惑はかけられないよ」

春彦によれば、特高は彼が紫峰家を頼ると予想して、屋敷を見張っていたらしいの。自宅の周りにそんな連中がいたなんてちっとも気づかなくて、驚いたし不快だったわ。

「紫峰家じゃなくて私が匿うの」

「どうして」

「憲兵も特高も大きらいなのよ」

たまたまヒナも誠もつれてなかったのは幸運だったわ。

あのころ葵はよくひとりで出かけていたと話したのは、誠だったかしら。変わりはてた父を見ているのがつらかったのもあるけど、目的は春彦のところへ食べものや着るものを届けることだったの。紫峰の土地や建物は近郊にたくさんあったから、隠れ家は頻繁に移すようにしたわ。でも、そんな綱渡りをいつまでも続けられないのはわかってた。

顕臣さんの戦死は、そんなときだったのよ。人はいとも簡単に死んでしまう。そう痛感した私は、春彦を助けようと決心した。手をこまねいていたら、遠からず彼は捕まり殺されてしまう。

私はひそかに美術学校時代の友人を頼った。その人は外務官僚の妻になっていたから、春彦を出国させてもらおうと考えたの。外国への渡航は難しい時期で、最初は断られたわ。だから、私も一緒に行くと言ったの。見知らぬ男のためには無理でも、私のためになら一肌脱いでくれるでしょうって。私には多くの信奉者がいたと、誰かが語ってたわね。じつは友人もそのひとりだったのよ。

おかしな話だけど、そのとき初めて私は春彦への気持ちを自覚したわ。彼を愛してると。春彦のほうがどうなのかは知らなかった。私が一緒に行くことを彼は強硬に拒否し、迷惑だとまで言ったのよ。でも私は耳を貸さず、ふたりぶんのビザを手に入れてしまったの。

春彦はとても苦しそうだったわ。とてもとても苦しそうに、私の手を取った。

そして十二月のあの夜、私は屋敷を抜け出し、春彦とともに町を出たのよ。屋敷の近くで待ってた彼が目撃されてたなんて知らなかったわ。あんなに用心してたのに。

私と春彦はアメリカに渡り、ニューヨークで暮らしはじめたわ。そのときから私はルイコ・ミソノ。本名のままでは、日本にいる家族に迷惑がかかるかもしれなかったから。

ルイコ……涙の子という名前は自分でつけたの。日本を出るとき、泣くのはこれが最後だと誓った、その思いをこめて。

でも、あまりにも困難な誓いだったとすぐに思い知ったわ。

そもそも、貧乏は覚悟してると言いながら、その貧乏というのがどういうものなのか私は知らなかったの。お金がないってどういうことなのか、知らなかったのよ。

家賃が安いことだけがとりえのぞっとするような部屋に住み、必死で働いたわ。ふたりとも少しは言葉ができたのが、せめてもの救いだったわね。春彦は医者だったけど勤め口があるわけじゃなし、掃除夫や日雇い仕事をしながら、ときどきは現地の日本人向けの新聞にコラムを書いた。私は安酒場の皿洗いのかたわら、絵を描いて売った。春彦がコラムを書いてる新聞にイラストを描かせてもらうこともあったわね。いつも明日の食べものの心配をしてたわ。

当時のアメリカには排日移民法があったものの、それでもニューヨークには日本人が三千人くらいはいたの。私が「紫峰葵」であれば、政府や企業の駐在員なんかの裕福なグループと交わって、何らかの便宜を図ってもらえたかもしれない。あるいは私たちが本物のアカ、共産党員であれば、そちらから助けが得られたかも。

でも私たちは、ただの御園春彦と御園涙子《るいこ》であることを選んだ。そのぶん、一般の労働に従事する移民のコミュニティではよくしてもらったわ。日本人だけでなくよその国から来た人たちにもね。先に渡航してた芸術家たちとも知り合えた。

そうやって私たちは徐々に生活の術を身につけていったの。長期滞在用のビザもなんとか取得できたし、友達もできた。私はきれいな手を失ったけど、ぼろぼろの手で得たもののほうがずっと大きかったわ。なにせお湯も沸かせなかった私が、あり合わせの材料でどうとでもできるようになったんだもの。

春彦と一緒でなければ、あの日々はとうてい耐えられなかったでしょうね。仕事も家事も私より多くをこなしながら、彼はひとことも弱音を吐かなかったの。どん底の暮らしをしてるときだって、いつも明日を楽しみにしてた。それがどんなにすごいことかわかる？　私はしょっちゅう落ちこんだり癇癪《かんしゃく》を起こしたりしたけど、あのえくぼを見ると力が湧いたわ。

けれど日米関係はしだいに悪化し、一九四一年十二月、とうとう太平洋戦争が始まってしまった。政府や企業の関係者はみんな交換船で日本へ帰ったけど、私たちはアメリカに残ることにしたわ。私のおなかには赤ちゃんがいて、長い船旅は危険だと判断したの。結局は流産してしまったけど、あなたの伯父さんか伯母さんか、どっちだったのかしらね……。

敵性外国人となった私たちは、西海岸の日系移民のように強制収容されることこそなかったけど、行動を制限され、生活はさらに苦しくなったわ。差別を受け、雇用はなく絵も売れず、友人たちの厚意だけが頼りだった。恥を忍んで父に助けを求めようかとも考えたわ。そんなことはできないと頭では思うのに、おなかが鳴るのがなさけなくてね。

そんなとき、アメリカ軍の情報機関で働かないかという誘いがあったの。春彦はアメリカ兵に日本の言葉や文化を教え、私は伝単《でんたん》を作ればいいと。

ああ、伝単というのはね、敵国人の戦意を喪失させるために配布するビラよ。世界中の戦線で飛行機から大量にばらまかれたの。投降を勧めるメッセージやイラストを入れたりしてね。

私はすぐに飛びついた。喉から手が出るほど仕事がほしかったの。春彦は少し考えたけど、私が強く勧めたのもあって結局は引き受けたわ。そして勤務地であるロサンゼルスへ旅立っていった。そう、離ればなれよ。

今にして思えば、あの仕事を私は引き受けるべきじゃなかった。引き受けざるをえなかったかもしれないけど、少なくとももっとよく考えるべきだったのよ。

私が最初に伝単に描いたのは、父や夫や兄弟や息子を失って泣く女たちだったわ。父と顕臣さん、そして妹たちのことが頭に浮かんだ。そのとき急に思ったの、今の私はあの人たちの敵なんだと。

おかしいでしょう、それまではちっとも思わなかったのよ。アメリカ軍の対日伝単を作るという行為の意味を、ちゃんと考えてなかったの。一緒に働いてた人たちの多くは、軍国日本の間違いを正すため、戦争を早く終わらせるため、と使命感を持ってたわ。私もそう思おうとしたけど、自分を騙すことはできなかった。

私はたんに生活のために伝単を作り続けたわ。それを拾った日本人はどのくらいいたかしら。それを見て投降した人は？　そのせいで殺された人は？　ええ、拾いに出たところを撃たれるということもあったらしいの。

そうね、たしかに伝単のおかげで助かった人もいたわ。何より、私だって生きなければいけなかった。やさしい子ね、イズミは。

でも、そうやって自分を慰めても、故国に対する後ろめたさは消えなかった。あなたは私が絵を描くのを見たことがないわね。それはそういうわけよ。私は二度と絵筆を取らなかった。

戦争が終わって春彦に再会したとき、この人も同じ思いを抱いてるんだとわかったわ。殺すのも殺されるのもいやだと言っていた彼は、間接的に忌《い》み嫌っていた行為に加担してしまっていた。私たちは二度と故国の土を踏むことはないと、お互い無言のうちにわかりあったの。

その後、私はあなたの伯父さんと伯母さんとお母さんを産んだ。彼らは生まれたときからアメリカの市民権を有するわ。排日移民法が撤廃されたあと私と春彦も市民権を取得し、私は正式に名を変えてルイコ・ミソノというアメリカ人になった。

私の人生にあやまちは数えきれないけど、後悔はなかったわ。絵をやめても、楽しめることがたくさんあった。春彦を亡くしても、大切な人たちが大勢いた。紫峰葵でなくなって、私は私を愛せるようになったの。そして、愛する人の終わりのときに手を握っていられた。

なんて幸せな……そう思っていたのに……。

＊＊＊

「去年の暮れに春彦が亡くなって、今年はこの家に移ってから初めてひとりで薔薇を見たわ。今と同じようにテラスに座って、日に日にふくらんでいくつぼみを見てたら、ふと切り捨てた過去をふり返ってみる気になったの。インターネットで、とりあえず最も情報が多そうな『紫峰製薬』を検索してみたら、会社は玲二おじさまの家で代々継がれてることがわかったわ」

「それ、俺も見たよ」

玲二のあとは長男、次男と社長が替わり、今は娘婿がその椅子を継いでいる。

「妹たちはどうなったのかと思ってさらに調べていくと、玲二おじさまの古いインタビューが出てきたの。そこには、兄の一家四人が山手大空襲で死んだと記されていた」

さぞ驚き、混乱したことだろう。一九三九年に出奔しアメリカで暮らしている自分が、一九四五年に東京で死んだことになっているのだから。

「さらに、一九四三年の戦争画展で紫峰葵の作品が入賞してるのを知ったわ。『祈り』というタイトルの作品らしいけど、もちろん私は描いてない。いったいどういうことかと関連情報を探したけど、それ以上は何も見つけられなかった。そうしているうち、紫峰邸の敷地から遺体が発見されたというニュースが報じられたの」

最初に発見されたのは二体だった。

「すぐにふたりの妹たちの顔が浮かんだわ。私の死が事実じゃないんだから、一緒に死んだとされる妹たちについても疑わしい。ふたりは東京で死んだんじゃなく、別の場所で死んで紫峰邸の敷地に埋められたのかもしれない。遺体が二体だから直感的に妹たちと思ったけど、考えてみればお父さまだってそうよね。だとしたら、同じ屋根の下で暮らしていた使用人たちが無関係であるとは考えにくい。私は彼らによくしてもらったから、へんな疑いは持ちたくなかったけど……」

胸につかえたものを吐き出すように、ルイコはため息をついた。

「私は悩んだ末、インターネットで見つけた日本の調査会社に、使用人たちの消息を調べてもらったわ。老後の蓄えをだいぶふんだくられたけど、三人の生存と所在が確認された。栗田信子、岡林誠、山岸の娘の皐月よ」

ルイコから聞き取り調査の対象者として指定された三人だ。資料として簡単なプロフィールも送られてきた。

「そうか、信子さんの解雇理由や岡林さんの識字障害は、調査会社が調べたことじゃなくて、おばあちゃんが知ってたことだったんだね」

「ええ。誠は読み書きができないことを隠してたから指摘しなかったけど、私は気づいてたの。美術学校に同じ症状の人がいたから。父にもそれとなく話したわ」

現在も入院している岡林とは、まだ連絡がとれていない。孫と電話で話したところ、命にかかわるような状態ではないが、疲れさせたくないので当分はそっとしておいてほしいとのことだった。

「そのまま調査会社に遺体の調査を依頼することもできたけど、この件に他人を深く介入させるのには抵抗があった。それで日本に留学中のあなたに頼むことにしたの。私が紫峰葵であることを明かさず、提示する情報もなるべく少なくしたのは、よけいな先入観を持ってほしくなかったからよ」

だからメールで御園春彦のことを訊いても答えてくれなかったのか。感情に引っぱられて、冷静に物事を見られなくなるのを危惧して。

「市川さんとヒナさんが行方不明になってることも、最初から知ってたの？」

「いいえ。たしかに調査会社はふたりの生死も所在もつかめなかったけど、たんに彼らがつかめなかっただけという可能性もあったから。まさかそんなことになってるなんて……」

ルイコの言葉がとぎれ、それから長い沈黙があった。たぶんゆっくりお茶を飲んでいるのだろうと西ノ森は想像した。乱れる気持ちを静めるために。

再び聞こえてきたルイコの声は、感情を抑えつけたぶんだけ低くなっていた。

「ふしぎなものね。妹たちには六十年以上も会ってないのに、顔も声も忘れないのよ。最後にあの子たちを見たのは、屋敷を抜け出す途中だった。ひと目だけ見ておこうと、桜の部屋とピアノ室をそっと覗いたの。桜は灯りもつけずにじっと椅子に座ってたわ。うつむきかげんで、かすかに首を傾けて、放心してるようだった。茜はいつもどおりピアノを弾いてて、にこにこしてごきげんに見えたわ」

その日に届いた顕臣の訃報は、父の介護に疲れはてながらもどうにか持ちこたえてきた桜の心を打ち砕いた。一方、茜は一緒に死ぬ相手を探しており、それは彼女と同じくらい解放されたがっている者でなければならなかった。

「あの夜、茜は桜の中に絶望を見出したのね。そして一緒に死んだ。桜も納得ずくだったのか、茜による無理心中だったのか、わからないけど」

妹たちの死を語る祖母がどんな顔をしているのか、うまく想像できない。西ノ森の知る祖母は、こんなふうに抑揚のない話しかたはしない。

「焼け跡には桜と茜の遺体があった。そして葵は姿を消していた。その状況から使用人たちは、葵が妹たちを殺して逃げたと誤解したんでしょう。葵は前にかっとなって桜の髪を切ったことがあったしね」

待って、と西ノ森は口を挟んだ。

「桜さんと茜さんが死んだとは限らないんじゃない？　火事のあと生き残ったかもしれない」

「いいえ、それはありえないわ。だってふたりのうちどちらかでも生き残ったとしたら、葵がやったのではないと証言するはずでしょう」

「生き残ったのが桜さんなら、葵に罪をかぶせてもおかしくないんじゃ」

「イズミ、あんなに話を聞いたのにわからないの？　桜はそんな卑怯《ひきょう》なまねはしないわ。あの憲兵への密告だって、本当に私がアカだと思ったからやったはずよ。事実無根の罪をでっち上げたわけじゃない。よくも悪くも、あの子はどこまでも正しい娘なの」

「なら、どちらかもしくは両方が生き残ったけれども、意識を失っていたとしたら？　そのあいだに葵のしわざだと誤解した使用人たちが火事現場を偽装した」

イズミ、とルイコは諭すように言った。

「まず前提条件として、私があの夜に屋敷を出奔した以上、それ以降の『葵』が偽者であることは間違いない」

「うん」

「さっきと同じ論法よ。桜は紫峰家の名誉を重んじていたし、紫峰家の娘であることに誇りを持っていた。桜が生きていれば、替え玉が紫峰家の長女を演じるなんてけっして許さない。だから桜はたしかに死んだの。つまり、火事以降の『桜』も偽者」

ルイコの断言には説得力が感じられた。姉妹として二十年ともに暮らし、あれだけいがみ合っていたからこそ、桜のことはよくわかっているのだろう。

「茜の場合はもっとたしかな根拠があるわ。誠が屋敷を去るときに三姉妹に挨拶をしたと言ったのを憶えてない？　茜はバルコニーから庭を見ていたけど声をかけるとふり返った、と。後ろからの呼びかけに反応しているのよ」

あっと声が出た。茜は失聴しかけていて、桜が後ろから話しかけたのが聞こえなかったと広瀬が語ったのは、それより何年も前の話だ。茜の耳のことは広瀬しか知らなかった。

岡林は三姉妹が生きて屋敷にいたことを示すために、このエピソードを語ったのだと思われる。だが本当に茜が生きていたとしたら、後ろから呼びかけられてふり返るはずがない。茜に挨拶をしたというのは嘘なのだ。さらに葵はこのとき屋敷にいないのだから、葵に挨拶をしたというのも嘘だ。

「茜も死んだのよ。以降の『茜』も偽者」

西ノ森は窓を開けて朝の風を入れた。そうしていくらかクールダウンした頭で、情報を整理する。

葵が出奔したあと、桜と茜が死んだ。焼け跡からふたりの遺体を発見した使用人たちは、葵が姿を消したことと関連づけ、葵が妹たちを殺して逃げたと考えた。使用人たちは「婚約者の死にショックを受けた葵が自殺を図って火をつけ、妹たちも巻きこまれて大火傷を負った」というストーリーを作り出し、そのために火事現場を偽装したうえ、替え玉を使って三姉妹が生存し屋敷で暮らしているように見せかけた。

「使用人たちがそんなことをした理由は、金銭のためではなかったと思うわ。替え玉を使って紫峰家の財産を自由にしようなんて、考える人たちじゃない」

「うん、俺も金銭じゃないと思う。このとき使用人たちは、冷静に犯罪の計画を練れるような精神状態じゃなかったんだ」

ついさっき気がついたことだった。使用人たちは「葵の殺人」を「葵の自殺未遂の結果の事故」に見せかけたが、どうせ偽装するなら「火の不始末による完全な事故」にしてしまえばよかったはずだ。だが彼らは、大きな罪をより小さな罪に偽装するという方向でしか考えられなかった。衝撃と混乱のあまり、思考が硬直していたのだろう。

「火事のあとに使用人が手に入れたというお金は、広瀬の言うとおり、父が払った特別手当でしょう。父は三姉妹がすり替わったとは知らず、一家四人とも体が不自由になって使用人たちに苦労をかけると思ったんだわ」

「なら、使用人たちが偽装工作をしたのは葵を助けるため？　使用人たちは、葵が妹たちを殺して逃げたと誤解してたんだよね。そのままじゃ葵は殺人犯として追われることになるから」

「私に対しては彼らは怒っていたはずよ。なんてことを、って」

ルイコはそれを当然のことと受け止めているようだった。

「使用人たちは父を守りたかったんだと思う」

「どういう意味？」

「満州から戻った父はぼろぼろだったわ。さらに、甥《おい》であり義理の息子になるはずだった顕臣さんも亡くした。そのうえ葵が桜と茜を殺して逃亡したなんて知ったら、どうなると思う？　あの人たちは、父に首を括らせたくなかったのよ」

「つまり、太一郎さんがこれ以上、傷つかないようにってこと？」

西ノ森は首を捻《ひね》った。

「ぴんと来ないな。雇用主のためにそんな」

「現代アメリカのふつうの家庭で育ったあなたには理解できないと思うけど、あの時代、あの屋敷ならありえたわ。代々紫峰家に仕える家系だった神山は、父が命じれば迷わず腹を切ったはず。それに過去にあやまちを犯した人たちは、父に救ってもらったことを深く感謝していた。崇拝と呼んでもいいわ。父を死なせないためなら、彼らは何でもやったでしょう」

「でも、ヒナさんなんて顔を焼いたんだよ。代々仕えてたわけでも救われたわけでもないのに、そこまでするかな」

「あの子ならやったかもしれないわ。春彦と逃げる前、父を見ているのがとてもつらかったときに、ヒナに家族について尋ねたことがあったの。そしたら彼女、少しだけ身の上話をしてくれたのよ。印象的だったからよく憶えてる。たしかこんなふうだったわ……」

――わたし、もらわれっ子だったんですよ。でも長らくそのことを知らなかったんです。

――育ての母は芸者だったんですが、母のところに通ってくるなじみの客がいましてね、その人が父親だろうと思ってたんですよ。懐いていました。でもあるとき、母の不在時にその男がのしかかってきましてね。母が帰ってきたんで事なきを得たんですけど、わたしは泣いて母を問いつめました。すると母は、自分の産んだ子でないことを白状しました。

――私のじつの両親はけだものです。つまり私は生まれながらのけだものなんです。詳しいことはお聞きにならないで。どうでもいいことです。

――出生の秘密に驚く一方で、納得もしましたね。以前から自分はなんて心が冷たいんだろうと思うことがありましたから。けだものなら何のふしぎもありません。

――私はじつの両親の顔を見てみたくなりました。とくに父親。だって、男女のことは男がその気にならないとどうしようもないじゃないですか。私が生まれてきてしまった責任は、どちらかといえば父親にあると思ったんです。だから父親を突きとめて会いに行きました。

――どんな醜い姿をしているんだろうと思っていたら、案外ふつうの人でね。見た目もふつうなら、性格もふつう。どちらかといえばやさしいくらいで、拍子抜けしてしまいましたよ。

「けだもの……」

その強烈な言葉に、西ノ森はとまどった。

「私もとても驚いたわ。ヒナがそんな言葉で自分を表すなんて。そう言わせるほどの何を抱えていたのかは知らない。でもあの子は冷静な顔の下に、激しい感情を秘めていた。何度もモデルにしたのに、私には見抜けなかったし描けなかったわ。いつか桜に言われたとおり、やっぱり絵の才能はなかったんでしょうね」

信子に見せてもらった写真のヒナを思い浮かべる。無表情でたたずむ、頰に大きな傷のある十四歳の少女。

「ヒナの顔の傷、芸者見習い時代に客にやられたという話だったけど、自分でつけたもののように見えるって、医者だった春彦が言ったことがあるの。理由はわからないわ。でもそれが事実なら、自分の顔を焼くことだってできたかもしれない」

西ノ森はぞっとして頰に手を当てた。窓の下を女子中学生たちが笑いながら通りすぎていった。

「父親を騙しつづけるなんて不可能だと、広瀬さんは言ってたけど。絶対にぼろが出るって。現に市川さんは、ヒナの演じる葵に違和感を抱いた」

「火事が起きたころの父は悪夢の中にいて、娘のことなんて目に入ってなかったわ。じつの娘がすり替わっているのに気づかなかったとしても私は驚かない」

悲しい言葉には、しかし確信が感じられた。

「でも、一九四五年には太一郎さんの視力は回復してたんだよ」

「火事は一九三九年、五年以上もたってるわ。どこかの時点で気づいたとしても、どのみち取り返しがつかない。ヒナの顔がもとに戻るわけでもない。だったら気づかないふりをしつづけるのも、使用人たちの想いに報いるひとつの方法じゃないかしら」

「太一郎さんは目が見えないふりをしつづけたっていうの？」

まさか、と思う。使用人はあるじのために嘘をつき、あるじは使用人のために嘘をつく。にわかには受け入れがたい話だが……。

「父は広瀬木工所に、すみれの小箱に手を加えるよう注文した。そのとき、結婚する娘に贈りたいと言ったのよね。娘というのは、おそらくヒナのことでしょう。彼女は『葵』であり『桜』であり『茜』だった。顔を焼いてまで自分に尽くしてくれるヒナを、父はきっと本当の娘のように思っていたのよ。年月が偽者を本物にしたんだわ」

西ノ森はルイコの言葉をゆっくりと咀嚼《そしゃく》した。彼女が語った内容は想像が多い。だが、彼女はかつて紫峰邸で暮らしていた。そのとき、その場所で、その人たちとともに生きていた。そこにいた人間の想像は、いなかった人間の理屈より真実に近いのかもしれない。

西ノ森は受話器を持ち替えて尋ねた。

「市川さんは使用人たちに殺されたんだと思う？」

ひと呼吸を置いて、ルイコは「ええ」と答えた。

「彼は真実に近づきすぎたのよ。使用人たちがどうしても守りたかった秘密に」

「使用人たちを警戒してたのに、深夜の呼び出しに応じたのはなんでだろう」

「わからないわ。信じたい気持ちが残ってたのかもしれない」

だとしたら、いっそう悲しい話だ。

今、祖母の庭には何の花が咲いているのだろうと、ふいに思った。祖父と一緒に眺めた薔薇が終わって、何が咲いているのだろう。

「遺体の件について、まず玲二さんに尋ねなかったのはなんで？　太一郎さんと三姉妹が山手空襲で亡くなったという情報のソースは、彼のインタビュー記事だったのに」

答えが返るまでに間があった。

「私、玲二おじさまにはかわいがってもらったのよ。子どものころに葵には絵の才能があると褒めてくれて、手ほどきをしてくれたの。もしかしたらお父さまよりも懐いてたかもしれない」

絵を教わったことは聞いていたが、そこまでの絆があったことは、他人の話だけではわからなかった。

「私たちが山手空襲で死んだとされていることについて、おじさまが本当にその話を信じてるならいいわ。でも、もしも何か事情を知っていて嘘をついてるとしたら？　おじさまが家族の死に関与していることになってしまう。だから、それを本人に確かめるより先に、おじさまが関与していない別の可能性を見つけたかったんだと思う」

遠回りをさせられたことになるが、責める気持ちは湧かなかった。

「紫峰邸の敷地から発見された三体の遺体の正体は、桜と茜と市川。山手大空襲で死んだのは、太一郎と三姉妹の誰かに扮したヒナ。それが結論ってことかな」

「ヒナには女中を超えた働きをさせてしまったわね。私が屋敷に呼んだことは、あの子にとって幸せだったのか不幸せだったのか」

ルイコの声が震えていた。

「私の人生に後悔はないと思ってたわ。でも違った。私は今、ものすごく後悔してる。あの火事の夜、私は春彦と逃げるべきじゃなかった」

「おばあちゃん」

「傷ついた桜に声をかけて、抱きしめるべきだった。大切な人を失った悲しみを、姉妹で分かち合えばよかった。そうしていたら、茜が桜を心中の相手に選ぶことはなかったんだわ。ヒナが顔を焼くことも、市川さんが殺されてしまうことも、使用人たちが手を汚すこともなかった。全部、私から始まったことよ……」

かける言葉が見つからなかった。引き金は葵の駆け落ち。ルイコがそんなふうに受け止めていたことに、西ノ森は今の今まで気づいていなかった。

調査報告をルイコはどんな思いで読んでいたのか。詳細が明らかになっていくほど、自分を責める気持ちが募っていっただろう。自分の罪が重くなっていくように感じただろう。

　返信が遅れたのは、ルイコが苦しんでいたから。そして今日、電話をかけてきたのは、罪を告白する覚悟をしたからなのだ。

　ルイコが長いため息をついた。

「茜がどうして火をつけたか、その意味を考えてみたことはある？」

　西ノ森の答えを待たず、ひとりごとのように続ける。

「父の命令で庭のすみれを焼いた。燃えていくすみれを、茜はうっとりと見つめてた。あのときヒナが、まるですみれのお葬式だとつぶやいたわ」

　岡林の言葉が思い出された。

　夕焼け空の下、花が炎に包まれる。

　炎をまとったひとひらが舞い上がる。

「私たち三姉妹の名前は、すみれの花から取られているの。アオイスミレ。サクラスミレ。アカネスミレ。幼いころ、父が庭のすみれを指さしながら教えてくれたわ」

　ああ、すみれが燃える。

　まるですみれのお葬式ね。

「茜はすみれのお葬式をしたのよ」

　すみれの花が燃えゆく様は、茜に美しい音楽をもたらしたのだろうか。

風でふくらんだカーテンの向こうに、ありし日の父と娘の姿が見えた。すみれの丘のすみれの館で、ほほえみあっている。

西ノ森は受話器を握る手にぐっと力をこめた。

「おばあちゃん。後悔するなというのは無理だけど、おばあちゃんがおじいちゃんと逃げてくれたから俺がいるんだよ。だから俺は、ありがとうって言うよ」

祖母は泣いているようだった。涙子は泣かないはずだから、彼女は葵なのだろう。

西ノ森は受話器を軽く耳に当てたまま、窓の外の電線を眺めていた。鳩《はと》がとまっていて、その上にぷかりと雲が浮かんでいる。

しばらくして、ルイコの鼻声が耳に届いた。

「できれば、あの子たちの骨を引き取りたいわ。空襲で亡くなった父の骨には、私はもうめぐり会えそうにないから」

「俺にできることがあれば、何でもするよ」

「ありがとう」

目もとを拭ってほほえむ顔が見えた気がした。

「じゃあもう切るわね。これからお友達がアップルパイを持ってきてくれるの」

いつもの明るい声にほっとして、西ノ森は電話を切った。

パジャマにしているTシャツが汗でじっとり濡れている。

シャワーを浴びようと風呂へ向かいかけたところで、再び電話が鳴った。ルイコが何か言い忘れたのかと、ディスプレイも確認せずに受話器をあげる。

「もしかして調査の報酬の話？　調査会社への支払いで苦しいなら、べつに急がなくても……」

しかし聞こえてきた声は、似ても似つかぬものだった。

「西ノ森泉さんでよろしいですか。私、北原奈央《きたはらなお》と申します。紫峰玲二の孫です」

紫峰玲二

車内アナウンスで譲町の名がくり返され、扉が開いた。ホームに降り立ったとたん、西ノ森は湿気と日差しの強さにたじろいだ。ふき出した汗をハンドタオルで拭い、ひとつしかない改札に向かって歩きだす。平日の昼間の乗降客は数人しかいない。

駅の北口を出たところはロータリーになっていた。路線バスの停留所があり、数台のタクシーが客待ちをしているが暇そうだ。ロータリーに沿って、ファストフード店、コンビニエンスストア、レンタカーショップなどが並ぶ。レンタカーショップの外壁には、モール型ショッピングセンターへの距離を示す看板がかかっている。

岡林の話を聞く際にX県には来たものの、譲町を訪れるのは初めてだった。日本の平均的な地方都市そのものの姿をした譲町に、とまどいを覚える。証言者たちの思い出として語られた昭和初期の譲町を、無意識のうちに想像していたようだ。

「西ノ森さんですね」

涼やかな声に呼ばれてふり向くと、同じ年ごろと思しき女性が立っていた。白いカットソーに夏らしい素材のパンツを身につけ、足もとはスニーカーだ。そう長くない髪をひとつにくくっている。

「北原奈央です。今日はわざわざありがとうございます」

彼女が軽くおじぎをすると、華奢なデザインのピアスが揺れた。見た目からも話しかたからも理知的な印象を受ける。

「西ノ森泉です。こちらこそ、紫峰邸に入る機会をいただき感謝します」

奈央は西ノ森を、ロータリーの一角に停めた小型乗用車に案内した。市町村合併で駅の場所が昔と変わり、信子と市川がそうしたように紫峰邸まで歩くには遠くなったという。

「ご自分の車ですか?」

「はい。私、アウトドアが好きなんです。山に登ったり、植物の写真を撮ったり。そういうとき車があると便利だから。東京での大学生活には必要ないですけど」

同じ東京住まいの学生らしい。

西ノ森に助手席を勧め、奈央は運転席に乗りこんだ。

「暑かったり寒かったりしたら言ってください」

車はなめらかに発進した。どこかで工事をしているらしく、バイパスにはトラックや特殊車両が連なって混雑している。隣の車線に停まった車の後部座席では、兄妹らしい子どもたちが笑いあっている。

「僕たちって、どういう関係になるんでしょうね」

二日前に突然、電話をかけてきた奈央は、紫峰玲二の孫だと名乗った。奈央の母親は玲二が五十近くなってできた娘で、その夫、つまり奈央の父親が紫峰製薬の現在の社長だそうだ。玲二の兄が紫峰太一郎であり、西ノ森はその曾孫にあたるわけだが、奈央にもふたりの関係を表す言葉はわからないようだ。

西ノ森が御園涙子の孫であることも、涙子の依頼で紫峰邸の敷地から出た遺体について調査をしていたことも、御園涙子が紫峰葵であることまで、奈央は知っていた。しかも西ノ森のあとを追う形で、栗田信子と山岸皐月と広瀬竜吉に話を聞いたという。岡林誠が抜けているのは入院していたからで、状況は今も変わっていない。

奈央は西ノ森と涙子が導き出した結論を言い当てたうえで、紫峰玲二の代理人として伝えなければならないことがあると告げた。

交差点で工事車両が曲がっていき、バイパスは順調に流れはじめた。道の両側にはスーパーマーケット、ドラッグストア、回転寿司店、ファミリーレストラン、レンタルビデオショップなどが建ち並んでいるが、いずれも都会ではまずありえない広い駐車場を有している。

「譲町で一番、栄えている通りらしいです」

奈央が律儀に説明してくれる。

「このあたりにはお詳しいんですか」

「いえ。今回の件があるまで、X県にも来たことがありませんでした。昔はこの町に紫峰製薬の本社があったそうですが、戦後になって玲二が横浜に拠点を移したんです。関連工場がいくつか残ってはいますけど、私は会社とは無関係ですから」

ちょうどそのとき、前方に工場らしき大きな建物が見えてきた。

「あれは紫峰製薬のではなく、ハイローズの工場です」

「広瀬さんの」

「この町にとって貴重な産業ですが、竜吉さんが亡くなったら移転するんじゃないかと、もっぱらの噂だそうです」

「それもあって、紫峰邸を観光資源にということだったんですかね」

町おこしの計画が思わぬ事態を招き、担当者は頭を抱えているだろう。

「でも広瀬さんはまだまだ元気そうだけどなあ。北原さんもお会いになったんですよね」

はい、と奈央は申し訳なさそうに答えた。

「西ノ森さんのことを調べたり、行動を見張ったりしてすみませんでした」

「ああ、気にしないでください。僕もこの件に関しては、嘘をついたり無神経に人を傷つけたりしてしまいました。人のことをどうこう言えません。でも、そういえばどうして僕が調査をしているのを知ったんですか」

「栗田信子さん、正しくは本橋さんですが、彼女のご家族から電話があったんです。紫峰家の過去について調べているあやしい男がいると」

電話は紫峰製薬のカスタマーセンターあてだったが、担当者がたまたま細かい性格で、玲二と近しい取締役に報告を上げたらしい。連絡を受けた玲二は、すぐに専門機関に男の調査と監視を命じた。

「信子さんにも嘘はばれてたんですね。それにしても、短期間のうちにアメリカにいる祖母の正体まで突きとめてしまうなんて」

さすがプロだと感心したのだが、奈央は黙ってしまった。いやみと受け取られたのかもしれないと思い、あわてて話題を移す。

「玲二さんは今はどうなさってるんですか」

「百二歳ですので、もう十年以上ベッドでの生活です。意思の疎通は可能ですが、いつどうなってもおかしくありません。じつは今も体調を崩していて、そのせいで直接お目にかかれないんです」

「百二歳……」

祖母の行動力に驚いていたが、上には上がいたようだ。

「紫峰邸の事件とあなたのお祖母さまのことが、玲二にとっていかに重要だったかということです。玲二は取締役から連絡を受けるまで、紫峰邸売却の事実も知りませんでした。ショックは大きかったようです」

売却を決めたのは奈央の父だが、彼女がそれをどう思っているのかは、態度からは読み取れなかった。

十五分ほどで目的地に到着した。鉄製の門と、長く延びるカーブした坂道。斜面に繁った木々に遮られて屋敷は見えない。戦中の金属供出のせいか門は新しいものに替えられ、草木は伸び放題、立ち入り禁止の黄色いテープが張られているが、基本的には聞いていたとおりの光景だ。

道路から少し奥まった門前に車を停め、奈央は後部座席から大きめのトートバッグをとって肩にかけた。

「警察と役所には許可を取ってあります」

最近つけられたらしいダイヤル式の鍵を外し、錆《さ》びて動きにくくなった門を通れるぶんだけ押し開ける。行きましょう、と彼女が先に黄色いテープをくぐった。

蟬《せみ》の声が緑の中から重奏のように響き、アスファルトや、そこに映るふたりの影に染みこんでいく。自分たちたいていのアメリカ人にとっては耳障りな雑音でしかないこの音を、茜ならどんなふうに表現しただろうかと、ふと思う。六十年以上前の夏に、彼女も聞いていたはずだ。

見上げた紫峰邸は、時が止まったかのように静かにたたずんでいた。信子がお城と表現した、煙突とバルコニーのある美しい洋館。だがよく見れば、壁は全体的にあちこち剝げ落ち、窓には修繕用のテープが貼られ、玄関ポーチははびこる雑草に浸食されている。

たしかに時は流れたのだ。事件を報じたニュースで何度も見ていたはずなのに、思い出との差を目の当たりにすると言葉が出ない。

「玄関を入ってすぐのところが床板の腐食が激しく危ないので、サンルーム側から入ってくれとのことでした」

庭のほうへ回ると、かつて芝生とすみれに彩られていた地面は更地になり、遠くの片隅には重機と作業員用の休憩所が置かれていた。そのそばに張られた黄色いテープに目が吸い寄せられる。

奈央もちょっと足を止め、同じ場所へ目を向ける。

「公表されていませんが、警察の鑑定によると、最初に発見された二体が女性、あとで発見された一体が男性だそうです」

「桜さん、茜さん、市川さん、という予想に合致しますね」

「玲二も同意見です」

サンルームのガラスはすべて新聞紙でおおわれており、中は薄暗く黴《かび》くさかった。

話を聞いて作った屋敷の見取り図をバッグから出して確認すると、横長のサンルームの奥には食堂と応接間が並んでいるはずだ。しかしどちらの部屋も今はがらんとして、家具や装飾品のたぐいはほとんどなく、かろうじて書棚が残ってはいるものの中身はからだった。絨毯《じゅうたん》は色褪せ、もとの色は判別できそうにない。

「ひどい荒れようですね」

「私は下見のために一度入ったんですが、正直、自治体はよく購入を決めたものだと思いました」

「玄関ホールは見られないんでしょうか」

「あまり玄関に近づきすぎなければ大丈夫です」

一歩ごとに不穏な音をたてる廊下を進み、玄関ホールに入るところで全体を見まわした。階段と柱があるだけの空間だ。柱のそばにあったという電話はない。

表階段の下に立って踊り場を見上げる。すみれと乙女のステンドグラスを見たかったのだが、そこにはサンルームと同様に新聞紙が貼られ、破れた部分からは無色のガラスが覗いていた。

「三十年ほど前の大きな台風で、ステンドグラスは割れてしまったそうです」

「残念です」

西ノ森は階段に近づき、埃でざらつく手すりをなでた。彫刻のモチーフは植物のようだ。

「アカンサスってこれかな」

何ですかと尋ねる奈央に、何でもないと返して階段に背を向ける。

書生室、台所、負傷後の太一郎の部屋、使用人の居間など、ひとつひとつ見取り図で確認しながら見てまわった。太一郎の死後に玲二が整理させたと聞いていたが、なるほど、価値がありそうなものは何も残っていない。

女中部屋にはベッドがあった。マットレスがなく木の骨組みだけのそれは、狭い部屋を陰鬱《いんうつ》に見せていた。唐沢ヒナもここで眠っていたはずだ。顔を焼いてまであるじを守ろうとした女は、ここで夜な夜な何を思っていたのだろう。

二階も同様に、入れるところはくまなく見て歩いた。屋根裏部屋も見てみたが、虫の死骸と何かの糞《ふん》だらけになっていた。どの部屋も傷んで家具などがない状態では、もとの姿を想像するのは難しい。

とくに傷みが激しかったのはピアノ室だ。火事以降は葵の部屋ということになっていた。情報の漏洩《ろうえい》を恐れて業者を入れなかったのだろう、使用人たちが補修をおこなったと見え、素人のやりかたでは風雨に耐えられなかったようだ。壁も天井も床も、黴にやられて一部は腐っている。

西ノ森は煤けた天井をしばらく見つめていた。たしかにこの部屋が燃えたのだ。そしてこの部屋で、桜と茜が死んだ。

もっと生々しく感じるのかと思っていたが、そうでもなかったのが意外だった。それは屋敷全体について言えることで、調査を始めてからずっと一度は自分の目で見たいと思っていたのに、いざ来てみるとあまり感慨はない。語られた屋敷とギャップがありすぎるせいか、場面場面を現実として思い描くこともできない。

ここは廃墟《はいきょ》だ。

「死んだ人だよ、か」

自分の両親の秘密を明かした皐月の言葉だった。

大広間の南側の窓を開け、バルコニーごしに庭だったところを見渡す。ここからだと、黄色いテープの向こうに、現場保存のためらしきブルーシートがかけられているのも見えた。だだっぴろい土の上に、夏の陽光が降り注いでいる。蟬の声だけが聞こえる。

「西ノ森さん」

ふり返ると、奈央が真剣な目でこちらを見つめていた。

「お話ししてもかまいませんか」

西ノ森は彼女のほうへ向きなおった。蟬の声が少し遠のく。

「まず誤解を解いておきますが、さっき車の中であなたは、短期間のうちにアメリカにいる祖母の正体まで突きとめてしまうなんて、とおっしゃいましたね。それは違います。玲二は、葵さんがアメリカにいる可能性を戦中から把握していました。だから、日系アメリカ人であるあなたと葵さんを容易に結びつけることができたんです」

「知っていた？」

西ノ森は目をみはった。玲二が葵の生存を、しかも戦中から？

「きっかけは、葵さんが太平洋戦争中に作った対日伝単です。昭和十七年、つまり一九四二年の冬ごろ、玲二は対米伝単を制作する部署にいた知人から、アメリカ軍が撒いた伝単を見せられました。その中にこれがあったんです」

奈央はトートバッグからファイルを取り出し、表紙を開いて差し出した。透明のポケットに収納された黄ばんだ紙には、家族とともに食卓を囲む日本人の男が、戯画調のタッチで描かれている。茶碗《ちゃわん》には山盛りの白いごはん。膝の上には幼い女の子。みんな笑顔だ。

「葵さんに絵の手ほどきをしたのが玲二だというのは、お聞きになりましたか。玲二は葵さんの戯画のタッチも知っていて、見てすぐにこれはと思ったそうです。でも彼女は火事で大火傷をして屋敷にこもっていたはずでした。玲二は火事の直後に見舞いに行き、葵さんとじかに会ってもいたんです」

「それは初めて聞くお話です」

だが、ルイコから玲二との関係性を知らされた今なら、自然ななりゆきだと思う。

「玲二さんが会ったのは、葵に扮したヒナさんですね」

「そういうことです。他のふたりは具合が悪いからと姿を見せませんでした。そして葵さんも、人に会うのはつらいからあまり来ないでほしいと言って、短時間で引っこんでしまいました」

親しい相手に会うのはリスクが高いが、一度も会わないわけにもいかない。苦渋の決断だったのだろう。

「思い返してみれば、そのときの葵さんの態度はなんとなく妙でした。とくに昔の話になると受け答えがあいまいになるようでした。火事のショックのせいだろうと深く考えませんでしたが、そういえば玲二は三姉妹の治療に当たった医者を知りません。ひそかに調べるうちに、ある仮説に至りました。葵は屋敷に放火してアメリカへ逃亡し、桜と茜はその火事のときに亡くなった。屋敷の人間は、もしかしたら太一郎も含めて、みんなでそれを隠している」

替え玉なんてじつの父親に見抜かれないわけがないと広瀬は否定したが、実際は叔父の玲二にさえ怪しまれていたわけだ。

「玲二さんはお屋敷の人たちに疑惑をぶつけてみなかったんですか？」

「日本とアメリカが戦争をしていた時代です。もし葵さんが本当にアメリカに逃亡して、米軍の協力者になっていたとしたら、そんな真実はないほうがいい。だからあえて訊きませんでした」

非国民という言葉が頭に浮かんだ。そう呼ばれることを恐れて、広瀬木工所は太一郎の最後の依頼を断ったのだ。

「翌昭和十八年の八月に、市川さんが玲二を訪ねてきました。そして、使用人たちが三姉妹を殺害して……という例の説を披露しました。玲二は一蹴しましたが、その態度がかえって市川さんに確信を与えてしまったのかもしれません」

「市川さんは玲二さんのところへも行ってたんですね」

紫峰家について調べていたのだから、当然といえば当然だ。その直後に彼は消息を絶った。

「市川さんの来訪から数日後、お屋敷の女中頭が、軍服と大きなリュックを持って訪ねてきました。これを身につけて譲駅から下りの始発に乗って夜見坂駅で降りてくれ、理由は聞かないでほしい、と頼まれたそうです。女中頭が当主の弟である玲二にそんなふうに言ってくるなんて異例のことだったし、彼女の雰囲気にただならぬものを感じたのもあって、玲二は言われたとおりにしました。夜見坂駅で降りると車が迎えにきたので、それに乗って帰ったけれど、車中では震えが止まらなかったそうです。自分の行動にどんな意味があるのかは訊きませんでした」

「皐月さんの想像どおりだったんだ」

市川らしき男の目撃情報はやはり偽装だった。それを頼んだのが霜妻なら、市川は紫峰家の使用人たちに殺されたと見てまず間違いない。そして玲二は真相を知らされぬまま後始末に荷担した。当時の年齢を計算すると、玲二は四十四歳、市川は三十歳だが、若々しい容貌の玲二と戦争帰りでやつれていた市川なら、ごまかすことは可能だろう。軍服の効果も大きい。

「以降、玲二は兄の家に対して、以前にも増して徹底的に鈍くあろうと努めました。藪《やぶ》をつついて蛇を出すようなことになれば、自分が破滅するだけでなく、家族や紫峰製薬の社員たちにまで迷惑がかかります」

場合によっては、玲二は積極的に隠蔽を図っただろう。紫峰製薬を継いだ彼は、土地の名士にして有力者だったはずだ。紫峰邸の側ではそれを期待して、あえて玲二を巻きこんだのかもしれない。

「一九四五年五月二十三日、玲二の自宅を太一郎さんと桜さんが訪ねてきました。実際には、桜さんに扮したヒナさんだったと思われますが。間宮伯爵夫人を見舞いに東京へ行くという挨拶でした」

首の後ろにじりじりと強い日差しを感じる。山手大空襲はその二日後だ。

「二十五日深夜から二十六日未明にかけての空襲で、間宮伯爵邸は全焼しました。玲二はのちに確認のために東京へ行きましたが、一帯には焼け焦げた死体が山のように積み上げられていて、その中から特定の人物を見つけ出すことは不可能だったそうです。帰ってきた玲二は、屋敷に唯一の使用人となった女中頭にそのことを告げました。女中頭は、東京へは父娘四人で行ったのだと言いました」

「玲二さんは今度も黙って、霜妻さんの提示した嘘を受け入れたんですね。かくして一家四人は山手大空襲で亡くなったことになった。でも、実際に汽車に乗ったのはふたりだけのはずですよね。太一郎さんと、誰かに化けたヒナさん。駅員なり目撃者はいなかったんでしょうか」

「事件ではなく空襲による死ですし、戦争の末期のことですから、そういった捜査は行われなかったんです。仮に何か言う人がいたとしても、握りつぶすだけの力が玲二にはありました」

「四人がそうやって死んだことになるのは、玲二さんにとっても望ましいことですもんね。葵がアメリカ軍の協力者になっている事実を隠すことができる」

責める言葉に聞こえないよう気を遣った。当時の状況を考えれば、玲二の行動は理解できないものではない。葵がただ生きるためだけに対日伝単を作ったように。

伝わったのかどうか、玲二の孫は眉を曇らせた。

「それで終わりではないんです。戦後、一九七〇年代になってから、玲二は葵さんの所在を突きとめ、夫である御園さんに会いにいきました」

「おじい……祖父にですか？」

素《す》っ頓狂《とんきょう》な声が出た。そんなことはルイコも言っていなかったが。

「玲二は御園さんだけに会い、葵さんが妹たちの殺害に関与した疑いがあるとちらつかせ、告発しない代わりに、紫峰家と紫峰製薬に関する権利のいっさいを放棄するよう迫ったそうです。葵さんにもそうさせるようにと。玲二は葵さんが妹ふたりを殺害したと信じていたんです」

「脅迫ですね」

「御園さんの答えはこうでした——彼女はもはや紫峰葵ではなく御園涙子です。僕たちには故郷はもうないつもりだし、再びその土を踏むこともない。ただし、僕の妻は殺人者ではありません。彼女を侮辱する人間に、これ以上、僕らの家にも人生にも立ち入ってほしくない」

そのときの祖父の顔を、西ノ森はありありと想像することができた。表情はおだやかなまま、怒りは皮膚の下にある。子どものころ、どなられも叩かれもしないのに、なぜか祖父に叱られるのが一番怖かった。

祖父が祖母を信じ切っていたのかどうか本当のところはわからない。葵が妹たちを殺害したあとで御園と合流したというストーリーも成り立つからだ。ただたしかなのは、祖母と玲二を二度と関わらせてはいけないと祖父が判断し、祖母には最後まで隠し通したということだ。

「玲二は御園さんのほうが御しやすいと判断して交渉相手に選んだので、厳しい態度を取られて意外に思ったそうですが、結果としては、御園夫妻に権利を主張する気がないことを確認できました。これで自分の子どもたちに財産を保証してやれると安心したそうです。ところが今ごろになって、紫峰邸から遺体が発見されるという事態になりました。警察の事情聴取に対し、玲二は兄の家だったので何も知らないと答えましたが……」

「警察も捜査はしていたんですね」

「玲二が高齢のため、私が聴取に立ち会いましたが、それほど熱心なものではありませんでした。遺体から事件性が読み取れなかったからでしょう。開きかけたパンドラの箱は再び閉じられた、玲二はそう思っていたそうです。西ノ森さんの存在を知るまでは」

過去を嗅ぎまわる偽刑事の正体が御園と葵の孫だと判明したとき、玲二の受けた衝撃はいかばかりだったろう。追い打ちをかけるように、三体目の遺体が発見された。

「玲二は一番かわいがっていた孫の私にすべてを告白し、神さまはお見通しだと言って子どものように泣きました。自分がしたこと、しなかったことを、心の底では後悔し恐れていたんです。本当は気が小さい人なんです」

意外だとは思わなかった。奈央の口から語られる玲二は、とても弱い人物に思えた。

「玲二はようやく葵さんが無実であったことを知りました。彼が人生の最後に望んでいるのは、葵さんを殺人者と決めつけ貶《おとし》めたことに対する謝罪と、葵さんが相続すべき財産を不当に奪ってしまったことへの補償です。本当に申し訳ありませんでした」

玲二の孫は、葵の孫に向かって深く頭を下げた。頭を上げてください、と西ノ森はあわてて言った。

「あなたが責任を感じることじゃないし、気持ちはありがたいけど、祖母は謝罪も補償も求めないと思います。それよりも真実を伝えてくださったことに感謝します。祖母が求めていたのはそれですから」

できれば妹たちの遺骨を引き取りたいという希望は、ここでは口にしなかった。実現するためにはいくつもの問題をクリアしなければならないだろう。今、奈央を困らせてもしかたない。

ためらうそぶりを見せつつ頭を上げた奈央は、トートバッグから一冊のノートを取り出し、両手で西ノ森に差し出した。

「玲二が保管していた太一郎さんの遺品です。葵さんに渡してください」

伝単が収められたファイルを返し、古びたノートを受け取る。右綴じで厚みのあるそれは、ずいぶん汚れくたびれていた。

「太一郎さんの死後に屋敷を整理していたとき、彼の机の二重底になった引き出しから、玲二自身が見つけました」

「二重底?」

隠していたということだろうか。

表紙を開くと、ブルーのインクで俳句が記されていた。たしか信子が同じものを太一郎の書斎で見たと話していたはずだ。

「太一郎さんの句帳ですね」

奈央にも見えやすいように角度を変える。

「私も中を見るのは初めてです」

最初のページには昭和十二年三月三日と日付が記され、桃の節句を詠んだ句がふたつ並んでいる。あまりうまいとは思えないが、筆跡は流れるように美しい。身近な風景を素朴な感性で描写した句が、十三年の三月まで続いた。

以降は間遠になり、句を書きかけては二重線で消すことも多くなった。軍医として従軍していた時期なのは、詠まれた事物からも明らかだ。筆も乱れ、太一郎が肉体的にも精神的にも厳しい状況に置かれていたのが察せられる。

しばらく期間があき、十四年の五月になって、突然、未就学児が書いたような悪筆が出現した。それまでの達筆とは似ても似つかない。ここからは月のみで日にちは記されていないが、戦争から帰ってすぐのころだ。なんとか読み解いた文字は、生き残ったことに対する後悔ともとれる気持ちを伝えている。

この字、どこかで……。

「失明しても俳句は続けていたんですね。誰かに代筆を頼んだんでしょう」

奈央の言葉にはっとひらめくものがあった。すばやく句帳をめくり、その先の筆跡を確認する。しだいに上達していき、最後の昭和二十年五月には、上手とは言えないが初見で問題なく判読できるレベルに達している。

「代筆をしたのは誰か、玲二さんはご存じでしたか？」

なぜそんなことを訊くのかと、奈央は少しとまどったようだ。

「いえ、何とも聞いていませんが。令嬢の字とは思えないので、使用人の誰かでは」

西ノ森は、バッグの中から写真を入れたファイルを取り出した。逸《はや》る気持ちを抑えながら目的の数枚を引っ張り出して奈央に手渡す。

「これは山岸皐月さんのお父さんの遺品、日の丸の寄せ書きです。書かれたのは彼の出征の前、昭和十五年の初めごろ。神山さんが代筆している太一郎さんの名前と、当時すでに替え玉だった三姉妹の名前は無視して、使用人たちの筆跡を見てください」

言いながら句帳をめくり、同じころの日付のページを開く。

神山、霜妻、相楽、ヒナ、そして岡林。

「岡林さんの筆跡とそっくり。句帳を代筆したのは岡林さんだったんですね」

奈央の言葉に、西ノ森は首を横に振った。

「ところが、岡林さんは識字障害で文字が書けません。書けたとしても、句帳の文字のようにぐんぐん上達するとは考えにくい」

奈央がわずかに目を見開く。

「識字障害……知りませんでした」

「だから岡林さんに句帳の代筆はできません」

当然、寄せ書きも誰かに書いてもらったことになる。皐月に寄せ書きを見せてもらったとき、その文字があまりに拙いので、誰が書いたのだろうと思ったのだ。

でも、と奈央は当惑顔になった。

「他に筆跡が似ている人はいませんよ」

西ノ森はうなずき、もういちど頭を整理した。興奮している自覚はあるし、突拍子もない考えだとも思う。しかしこれなら説明がつく。

「句帳の代筆者なんていなかった。その文字は太一郎さんが利き手とは反対の手で書いたんです。だから最初は子どものような字で、しだいに上達していったんだ。そして寄せ書きの岡林さんの名前も、やはり太一郎さんが利き手と反対の手で書いたんです」

「太一郎さんは失明していたんですよ。のちに回復したとはいえ、昭和十四年五月の時点で一応は判読できるレベルの字を書けたとは思えません。それに、どうして利き手と反対の手なんですか」

「失明自体が太一郎さんの嘘だったとしたら？」

視力はしだいに回復していったのではなく、最初から失われていなかったのだとしたら。

「まさか！」

「でもそう考えると、句帳が二重底の下に隠されていたことにも納得がいきます。句帳を書いているのを知られたら、目が見えていることがばれてしまう。利き手と反対の手で書いたのは、もしも句帳が発見されてしまったときに、自分の筆跡でなければ代筆させたと言い逃れができるから」

奈央は考えこむ顔つきになった。

「もしそうだとして、太一郎さんはなぜそんな嘘をついたんでしょう。あるいは、誰に対して？」

そこなのだ。

昭和十四年五月に戦争から帰ってきたとき、太一郎はすでに嘘をついていた。同年十二月の火事のときには、まだ誰にもばれていなかったと思われる。なぜなら、使用人たちは太一郎の目が見えないと思っていたからこそ、三姉妹の替え玉という計画を遂行したはずだからだ。しかし寄せ書きが書かれた昭和十五年の初めには、少なくとも岡林は真実を知っていた。他にも知っていた者がいたかもしれない。一方で昭和二十年の五月、広瀬木工所を訪れた太一郎は、目が見えていることを屋敷の者たちには伏せておくよう頼んでいる。

つまり使用人の中には真実を知っている者と知らない者がいて、太一郎は後者の誰かに対して嘘をつきつづけたということになる。

西ノ森は髪をくしゃりと乱した。手がかりのかけらを期待して、もういちど句帳をめくる。

そのとき、ページの隙間から何かがひらりと床に落ちた。奈央が拾いあげたそれは、押し花のしおりだ。葵の婚約披露パーティーの晩に太一郎が書斎でひとり、すみれの押し花のしおりを見つめていたと、たしか信子が話していた。

「西ノ森さん」

奈央の声がにわかに緊張の色を帯びる。

「これ、ヒナスミレって……」

西ノ森は驚いて押し花を見た。経年劣化で色褪せているが可憐な花だ。

奈央がしおりを裏返した。その下のほうに小さく記された文字を見た瞬間、指先に痺《しび》れが走った気がした。

『ヒナスミレ、大正十一年』

「ヒナ……？」

脳が勝手に計算を始める。

「大正十一年は、ヒナさんの生まれた年だ」

偶然の一致にしては、できすぎている。

太一郎がしおりを見つめていたのは、葵の婚約披露パーティーの日。それは、ヒナがはじめて紫峰邸に現れた日でもある。

西ノ森ははっとして奈央に顔を向けた。

「北原さん、広瀬さんを訪ねたとき、葵の婚約記念に作られた小箱を見ましたか」

「いえ、話だけしか」

とまどう奈央に、ファイルから抜き出した一枚の写真を示す。広瀬のところで撮影した小箱の写真だ。数種類のすみれが象嵌されており、太一郎の最後の依頼によって、その種類が増やされたということだった。

「植物の写真を撮るのがお好きなんですよね。すみれの種類、わかりますか」

答える奈央の唇がわずかにわななく。

「アオイスミレ、サクラスミレ、アカネスミレ、そして……」

ヒナスミレ、なのか。

ごくりと喉が鳴った。

「太一郎さんは娘たちの名をすみれからとったのだと、祖母に聞きました」

「晩年の太一郎さんは、同じくすみれの名を持ち、三姉妹を演じるヒナさんを、じつの娘のように思っていたんでしょうか」

「小箱だけではそう考えてしまいます。でも、このしおりと合わせると、別の可能性が見えてくる」

あっと声をあげた奈央に、句帳と小箱の写真を預け、西ノ森はさらに二枚の写真を取り出した。紫峰一家に玲二と書生たちを加えたものと、信子とヒナがふたりで写ったものだ。いずれも信子が持っていたのを撮影させてもらった。

ヒナの顔の傷を指で隠し、三姉妹と並べてみる。

奈央が息を呑んだ。

「似てる……？」

さらに顔の下半分を隠すと、ヒナの目もとは葵にそっくりだった。そう思って見れば、口もとは桜に、耳の形は茜に似ている。

「この傷は目くらましだったんだ」

目立つ傷があることで、顔の印象は大きく変わる。火傷を負った桜の顔を皐月が正視できなかったように、顔から目を逸らさせる効果もある。葵は芸者見習い時代のヒナに会っているから、傷がない状態の顔を見ているはずだが、そのときは濃い化粧が素顔をおおっていたのだろう。

「あの傷は自分でつけたものではないかと、御園は言っていたそうです」

ルイコから聞いた、ヒナの身の上話を思い出す。ヒナは自分を捨てた父親に会いに行ったと言っていた。それは、顔に傷をつけ、赤の他人を装って紫峰邸に入りこむという、苛烈な方法だった。

「ヒナさんは、太一郎さんの血のつながった娘だったんだ」

太一郎は葵からヒナを紹介された瞬間、顔の傷に惑わされることなく、ヒナが自分の娘であることを見抜いた。だから、温厚な彼にはめずらしく、勝手にヒナを雇い入れた葵に激怒した。

そしてあの日、もうひとり様子がおかしかった人物がいた。

「信子さんによれば、婚約披露パーティーの日、間宮伯爵夫人が晩餐会のあとで急に体調を崩し、パーティーを欠席したということでした。息子とかわいがっていた姪の婚約パーティーですから、よほど具合が悪くなければ、少々無理をしてでも出席するでしょう」

奈央も気づいたのだろう、うなずいて写真に目を落とす。

「伯爵夫人と葵さんは似ていたそうですね。そして葵さんとヒナさんも」

ヒナの母親はおそらく間宮伯爵夫人だ。

「私のじつの両親はけだもの――ヒナさんは葵にそう語ったそうです」

間宮伯爵夫人は太一郎の妻の姉だから、ふたりは義理のきょうだいになる。さらにヒナの出生年を考えると、彼らはそれぞれ妻と妹を亡くした直後に関係を持ち、子をなしたということだ。ヒナはそれをけだもののような行為だと捉えたのだろう。

やさしい人格者だった太一郎が、ヒナの存在を隠しつづけたのもそのせいではないか。そんなことが明るみに出れば、両家にとって大醜聞になる。家族や親類にも迷惑がかかるし、社会的な影響ははかりしれない。

終戦の年、間宮伯爵夫人の病が篤いと聞いて、太一郎はヒナをともなって危険な東京へ出かけていった。母と娘を会わせてやれる機会は、たぶんそれが最後だったのだ。

「ヒナさんは主人のためでなく、父親のために顔を焼いたんだ」

ヒナが語った身の上話には、少なからず本音が表れていたように思える。顔も知らないじつの父親を嫌悪していたが、実際に太一郎に会って接するうちに、心情が変化していったのだろう。その心情にどんな名前がふさわしいのかはわからない。だが最終的に彼女は、太一郎が命を絶つのを防ぐため、みずからの顔を犠牲にした。

火事のあと、太一郎はしばらく昏睡状態にあったという。そのあいだに使用人たちは、ヒナを替え玉として三姉妹が生きているように見せかける工作を実行した。目が覚めて、自分が捨てた娘が自分のために顔を焼いたと知ったとき、太一郎を襲った苦しみはどれほどのものだったのか。

今さら失明は嘘だなどと言えるはずがない。太一郎の目が見えているなら、ヒナが三姉妹になりすますことなど不可能で、ヒナが顔を焼いたことはまったく無意味になる。

「太一郎さんは嘘をつきつづけようと決めたんだ。ヒナさんのために」

「そしてその時点で、失明が嘘であることを、ヒナさん以外の使用人たちに打ち明けたんじゃないでしょうか。三姉妹に扮したヒナさんとは今までよりもずっと接する機会が増えるはずだし、嘘を守りとおすには周囲の協力があったほうがいいに決まってます。太一郎さんの目が見えていると知っていたのは、岡林さんだけじゃなかったと思うんです」

西ノ森も同じ考えだった。

火事のあとに使用人たちが得たという金銭は、広瀬やルイコが言っていたような特別手当ではなく、太一郎の嘘への協力に対する謝礼だったのではないか。

使用人たちの協力を得て、太一郎は目の見えない演技を続けた。ヒナの声帯模写に騙されているふりを続けた。

「太一郎さんが使用人たちに騙されていたんじゃない。太一郎さんとヒナさん以外の使用人たちが、ヒナさんひとりを騙していたんだ」

そして、西ノ森はさらなる重大な可能性に気がついた。口の中に苦いものが広がっていく。

「使用人を殺人犯だとして警戒していた市川さんが、なぜ使用人と思しき男からの深夜の呼び出しに応じたのか、疑問でした。でも訪ねてきたのが使用人でなく、太一郎さんだったとしたらどうでしょう」

市川は太一郎が使用人たちに騙されていると考えていたから、太一郎を警戒することはなかったはずだ。

奈央の顔がこわばっている。

市川はほとんど真相にたどりついていた。それを明かされることを、太一郎は絶対に阻止しなければならなかった。

ヒナのために、たとえ何をしても。

ああ、だとしたら——。

「岡林さんが六十年以上も隠しつづけてきたのは、自分たち使用人の罪じゃない。太一郎さんの罪なんだ」

西ノ森の来訪後、倒れてしまったという岡林。

ふいに心を急きたてられるような焦りに襲われた。バッグから携帯電話をつかみ出し、発信履歴を呼びだそうとして、圏外の表示に気づく。

「すみません、外へ出ます！」

告げたときにはもう駆けだしていた。

葵の語っていた、太一郎に向ける使用人たちの狂おしいほどの忠誠心。

今すぐ岡林の家族に連絡をとらなくては。

庭へ転がり出た西ノ森の目を、鋭い日差しが射抜いた。

岡林誠

軽く片手を上げて帰っていく長男を、岡林はベッドに座って見送った。孝行息子で、入院してもうひと月になるが、会社帰りに欠かさず寄ってくれる。ようやく起きられるようになってからは、他にも親族や友人がしばしば顔を見せてくれるので、病室には花が絶えない。

岡林はベッドから降り、窓辺に置かれた風呂敷包みを開けた。息子に頼んで持ってきてもらったもので、中身は六号のキャンバスに描かれた油彩画だ。目を閉じた髪の長い女が、おおらかな筆致とやわらかい色使いで描かれている。タイトルは『祈り』。製作者は紫峰葵、ということになっている。

西ノ森に対しては知らないふりをしたが、一九四三年の戦争画展で入賞したその絵を、岡林はひそかに保管していた。しかし目にするのはずいぶんと久しぶりだ。十年ぶり、いや二十年、もっとかもしれない。

両手で絵を持ってベッドに腰かける。

――やあ、ヒナさん。

ふわりとぼかされた女の顔に、たそがれどきの薄明かりが降りかかる。

＊＊＊

今日は少し昔話につきあってくれるかい。あんたにとっては不快なことも言うだろうが、今日だけ許してくれ。

最初に告白しておくと、出会ったころ、僕はあんたが苦手だった。そもそも人間が苦手で、中でもあんたは何を考えてるのかちっともわからなかったから。仕事は完璧で、ものに動じるということがなくて、見かけとは裏腹に鋼のように強い人だと思っていたんだ。だから、僕みたいな弱虫の気持ちは絶対にわからないだろうと。

僕が死にたがっていたことに気づいていたんだろう？　あんたは最後まで知らないままだったが、僕は読み書きができなかったんだ。思いつめて自殺を図ったところを、旦那さまに助けられてしまった。しまった、だなんて恩知らずな言いぐさだが、当時は旦那さまを恨んだよ。生きているのが苦痛でたまらなかったんだ。

あんたが初めて見た僕の絵を憶えてるかい。土に棒きれで描きなぐった、鬼だか悪魔だか妖怪だかの絵だ。僕にも正確なところはわからない。読み書きができない劣等感と、死ぬことさえできなかった絶望が、ああいう形になったんだ。秘めた暗い願望を茜さまに見抜かれて、ひどくうろたえてもいた。解放されたいんでしょう、と彼女は僕に言ったよ。

　そう、あの絵は僕の心そのものだった。丸裸の心を見られて、しかもそれが醜かったら、どれだけはずかしいか。そうでなくとも、僕なんぞが絵を描いているということ自体が、身のほど知らずなばかげた行為だという意識があったから、本当にはずかしかった。

　だがあんたは、ばかにもせず気味悪がりもせず、それどころか葵さまの絵の手伝いをさせてもらえるように口添えしてくれた。ただやさしくしてくれたんだとすぐに思えるほど、僕は自分に自信がなかったし、あんたもわかりやすい人じゃなかった。理由を訊いた僕に、「葵さんのお相手もなかなか面倒だからね」とあんたはそっけなかったね。

　ひょっとしてヒナさんも死にたいと思ったことがあったんだろうかと、あとになって考えたよ。お屋敷に来る前のことはよく知らないが、楽な人生じゃなかったろうことは察せられた。

　僕の人生は、それがきっかけで変わったんだ。絵というものにちゃんと触れて、生きるのが楽しくなった。絵を描きたいから、死にたくなくなった。うぬぼれを承知で言うと、少しは才能もあったのかもしれない。葵さんは僕にスケッチをさせたのを見て、「あなたの目と手が私のものならよかったのに」とおっしゃった。紫峰家のお嬢さまが僕なんかをうらやましがるなんて、ふしぎな気持ちだったよ。

川から助けてくださった旦那さま、絵を教えてくださった葵さま、そしてヒナさん、三人の恩人が僕を生かしてくれたんだ。そのころには、もうあんたが苦手じゃなくなっていた。

あんたに対する気持ちがまた大きく変化したのは、旦那さまが傷ついたお体で戦争から帰っていらしたときだ。誰もが打ちひしがれるなか、あんたはひとり平然としていたね。心が冷たいと陰口をたたく人もいたし、僕も正直どうかと思った。少し不気味だとさえ感じたよ。

でも、すみれを焼いたあの夜、僕は見た。あんたは誰もいない庭で、灰になったすみれの上に膝をついて泣いていた。あんたの涙を見たのは二回きりで、それが一回目だ。髪をほどいていたせいで傷がすっかり隠れていたこともあるだろうが、震える肩が小さくて、曇った眉が頼りなくて、別人のように見えた。

僕に気づいたあんたの怒りようといったら。

「こそこそ覗き見なんかして。今度やったら許さないわよ」

あんなふうに感情をぶつけるのは、あんたらしくなかったね。傷が隠れた顔を見られて焦ったのか、演技をする余裕もなかったのか。

そう、みんなの前ではあんたは演技をしてたんだ。平然としているように見えたが、本当はそうじゃなかった。心の嵐を抑えて、くずおれそうなのを堪《こら》えて、必死に感情を隠してたんだろう。

でもそういうのは、全部あとになってわかったことだ。あのときは理不尽に罵られて、狼狽《ろうばい》し傷ついた。同時に、ひそかに涙を流すあんたの姿が、なぜか目に焼きついてしまった。

藁半紙《わらばんし》や反故《ほご》の裏に、何枚も何枚もスケッチを描いたよ。誰にも見せずに捨ててしまったがね。僕はたぶん、あのころからあんたを描きたかったんだ。

だがその時点では、僕は唐沢ヒナという人を何も知ってはいなかった。

火事の夜のことは忘れられない。

使用人全員でピアノ室の火を消したあと、立ち現れた現実に、僕はすっかり動転してしまった。桜さまと茜さまの遺体。焼け焦げていたが、桜さまの喉には刃物で突いたような痕があり、茜さまの喉にはまさに刃物が突き立っていた。その小刀はかつて葵さまが桜さまの髪を切ったもので、葵さまのお姿はどこにもなかった。

気がへんになりそうだったよ。僕だけじゃない、誰もが呆けたようになって動けなかった。ただひとり、あんた以外は。

「今すぐ遺体を庭に埋めるのよ」

いったい何を言っているのかわからなかった。視線を一身に受けながら、あんたはいつもどおり冷静だったね。それともあれも演技だったのかな。

「葵さんが桜さんと茜さんを殺して、火をつけて逃げた」

状況から、おそらくみんなそう考えていたが、言葉にして突きつけられるときつかった。だがあんたは容赦せず、そして人よりも先を見ていた。

「旦那さまがこのことを知ったらどうなさるかしら。三人のお嬢さまはあのかたの宝よ。どんなに愛しておられるか、みんな知っているでしょう。きっと命を絶ってしまわれるわ」

そのとおりだったろう。旦那さまのお心はすでに戦争で傷ついていた。

僕の命を救ってくださったありがた迷惑な旦那さま。ぼたん鍋が好きだとおっしゃった旦那さま。ごまかしきれなくなって読み書きができないことを告白したとき、ずいぶん前から知っていたよ、私はどうしても俳句がうまく詠めないんだと打ち明けてくださった旦那さま。あの沈黙のあいだに、みんな自分と旦那さまの思い出を数えたと思う。

「私は旦那さまを絶対に死なせない」

そのときには、みんなのあんたを見る目つきが変わっていた。どうすればいい、と指示を求めたのは神山さんだったね。

「事件をなかったことにするの」

婚約者の死にショックを受けた葵さまが自殺を図って火をつけ、駆けつけた妹たちが巻きこまれた、というのがあんたの用意した筋書きだった。三人とも大火傷を負ったが、死人は出ていないというわけだ。そうやって家庭内の事故にしてしまえば、警察も詳しくは調べないし世間も納得する。

「しかし実際に桜さまと茜さまは亡くなっているんだぞ。葵さまは逃げた」

「私に考えがあるわ」

そのためには、まず遺体を庭に埋めて隠し、それから全焼したピアノ室が葵さまの部屋であったように火事現場を偽装する必要があるということだった。どうせなら紫峰家の所有する他の土地、たとえば果樹園なんかに埋めたほうがいいのではないかと神山さんが意見したが、隠したいものは常に見張っておける場所に置くべきだとあんたは却下した。自信に満ちたあんたの言葉に、逆らう者はいなかった。

今になって思い返すと、どうしてあんなことができたのかふしぎでしかたないよ。でも、とにかく僕らはやった。

気を失っておられた旦那さまを霜妻さんに任せて、残りの全員で庭の奥に深い穴を掘り、桜さまと茜さまの遺体を下ろした。死体というのがあんなに重いものとは知らなかった。片手が不自由なのをあんなに不便に感じたことはなかったよ。旦那さまは目が見えないからごまかしがきくとはいえ、できれば意識が戻る前にすませようと、誰も休もうとはしなかった。十二月の夜中だというのにみんな汗みずくで、泥にまみれていたね。

あらためて穴の底の遺体を見たとき、僕は堪えきれずに吐いてしまった。そばにいた相楽さんに飛沫《しぶき》がかかったが、何も言われなかったな。山岸さんの奥さんが背中をさすってくれた。

桜さまには薄桃色の振袖、茜さまには水色のワンピース。おふたりの遺体にかけたおめしものの色を、今もはっきり憶えているよ。せめてお気に入りのものを持たせてさしあげたいと霜妻さんは言っていたが、無惨な姿を隠すという意味もあったんだと思う。

あなたも解放されたいんでしょう、と茜さまに声をかけられたことを思い出した。あの人は何から、どうして、解放されたかったんだろう。あんなにみんなに愛されていたのに。桜さまだってそうだ。皐月さんは桜さまにとても懐いていたし、土をかけるときに山岸夫妻はしきりに鼻をすすっていた。

なんでこんなことに。なぜ葵さまはこんなひどいことを。葵さまは今どこに。僕たちは疑問も一緒に埋めてしまった。それらは永遠に口にされるべきではないから。事件などなかったのだから。

ずっと落ち着きを保っていたのは、あんただけだった。灰になったすみれの上で泣いていたあの夜とは対照的に、感情はまったく見えなかった。桜さまと茜さまの遺体を前にして、それを葵さまがやったということに対して、何を思っていたんだい。

あとから考えれば、あんたは葵さまに対して腹を立てていたのかな。だってあの火事を、たんなる火の不始末による事故に偽装することだってできたのに、あんたは葵さまが火をつけたという部分は変えなかった。それとも、旦那さまのことだけで頭がいっぱいだったのか。

翌日の夕方までかけて火事現場の偽装も終えたあと、あんたは僕たちを使用人の居間に集めて、おごそかに告げた。

「私が三姉妹の代役をするわ」

そう、葵さまの声で。僕は前にも聞いていたが、他の人たちはどんなに驚いたろう。何が起きたのかわからなかったに違いない。

「お父さまは目が見えないんですもの」

今度は桜さまの声。

「こうやって騙せるわ」

最後は茜さま。やはり話しかたまでそっくりだった。このときは感心するよりも、死者があんたに乗り移ったみたいでぞっとしたよ。みんな衝撃で口もきけず、悪夢を見ているような顔をしていた。

火事で大火傷を負われたお嬢さまがたは、お屋敷にこもってひっそりと暮らすようになる。外にお出かけになるときや人にお会いになるときは、焼けただれたお顔を隠すために頭巾ですっぽりと頭部をおおう。もともとご一緒に行動される姉妹ではないから、おふたりあるいは三人が同時にお姿を現さなくても不自然ではない。

旦那さまのみならず世間を欺《あざむ》く方法も、あんたは流れるように説明してみせたね。

その終わりに、僕はふと、あんたの足もとに火鉢が置かれているのに気がついた。中に入っているのは金属供出を免かれた焼きごてだ。なぜ布を伸ばすものがここに、と思ったときには遅かった。

説明を終えるやいなや、あんたは、あんたは、いきなり焼きごての柄をつかんで、熱しきった鉄の先端を自分の顔に……。

あの恐ろしい音、おぞましい臭い、忘れない。考えがあるとあんたが言ったときに、ちゃんと内容を訊いていれば。もっと早く、あと何秒かでもいいから早く、焼きごての存在に気づいていれば。どれだけ後悔したか知れないし、いまだに後悔しているよ。この手で焼きごての先端をつかんででも止めたかった。あのときこそ、僕は本物のばかだった。

「何やってるんだ！　本当に火傷する必要なんかないだろう！」

焼きごてをむしりとった僕を、あんたはにらみつけたね。ひどい痛みのはずなのに、こちらが怯んでしまうほどの強いまなざしで。

「何かの拍子に、頭巾が外れるかもしれないでしょう。そこに唐沢ヒナの顔があったら、一巻の終わり。頭巾の下には、失われた顔がいるの。誰もが目を背ける、誰のものでもない顔が」

呼吸は荒く、脂汗が噴き出していた。それでも声はしっかりしていた。葵さまでも桜さまでも茜さまでもない、ヒナさんの声。僕の声のほうがよほどなさけなかったろう。誰も言葉を発することができず、うめき声とあえぐような息づかいが部屋に充満していた。

「もう後戻りはできないわ」

唇の前に人差し指を当てて、あんたは笑ったのかい。

「これは秘密よ」

あんたは一瞬の隙をついて焼きごてを奪い返し、再び顔に押し当てた。なんのためらいもなく、力いっぱい。

止めようとした僕を、相楽さんが羽交い締めにした。神山さんが目を閉じて首を横に振り、他の誰も動こうとはしなかった。

後戻りはできない。必要な犠牲。本人が望んだこと。僕も頭ではわかっていたんだ。でも、そんな、だって、ひどい、あまりにも。

痛かったのはあんたなのに、泣きわめいて暴れたのは僕だった。あんたは何度も焼きごてを押し当て、顔をすっかり焼いてしまってから気を失った。すっかり焼いてしまってから。

ここからはあんたの知らない話だ。

もと看護婦の霜妻さんは、あんたを桜さまの部屋へ運ばせた。上等なベッドに寝かせ、麻酔を打って、焼けただれた顔にできるかぎりの処置を施した。命に別状はないが、今後は表情を浮かべることも涙を流すこともできないだろうというのが彼女の見立てだった。

開けっ放しだった部屋の入り口に、人の気配を感じたのはそのときだ。いっせいにふり返った僕たちは凍りついたよ。そこに立っていたのは、気を失っていたはずの旦那さまだったんだ。

「お目覚めだったんですね、よかった」

山岸の奥さんが、女の人らしい強さで、明るい声を出して歩み寄った。僕はといえば、歯がかちかち鳴ってしまうのを抑えるので精いっぱいだった。旦那さまには見えないんだと、懸命に自分に言い聞かせたよ。

ところがだ。

「ヒナ！」

旦那さまは山岸の奥さんを押しのけ、不自由な脚であんたの眠るベッドに飛びついた。僕たちがどんなに驚愕し混乱したか、想像できるかい。

「ヒナ、どうした！　いったい何があったんだ！」

その顔は包帯でほとんど隙間なくおおわれていたが、旦那さまはひと目であんただとわかったんだ。そう、ひと目で。

「見えて……旦那さま、見えていらっしゃるのですか」

霜妻さんの声はかすれて消えそうだった。

「いつからです！」

神山さんが旦那さまに詰め寄るところなんて初めて見たよ。

旦那さまは床に膝をついたまま、ゆっくりとあんたから視線を引き剥がし、古株のふたりを順に見た。それから首を捻って僕たち全員を見まわした。ぴたりと目が合ったよ。明らかに見えている人の目だった。

あんたに視線を戻した旦那さまは、顔に触れかけて、力なく手を下ろした。

「ずっと見えていた。失明したというのは嘘だったんだ……」

僕たちは何の反応もできず、ただ突っ立っていた。頭が真っ白になっていたのは、僕だけではなかったらしい。

「だがそのことを話す前に、まずは何があったのかを包み隠さず教えてほしい」

神山さんは霜妻さんと視線を交わし、覚悟を決めたように、昨晩、火事に気づいてからのことをすべて打ち明けた。あんたの状態については、医師の資格を持つ旦那さまのほうが僕らよりもよくわかったはずだ。それはたぶん残酷なことだった。旦那さまはうつむきかげんで、ときおり瞬きをする他はじっと動かずに聞いていた。だが聞き終えたとたん、床に倒れ伏して獣のように咆哮《ほうこう》した。両の拳《こぶし》を床に打ちつけ、何度も何度も、皮膚が切れて噴き出した血が桜さまの部屋の絨毯を汚しても。

あんたが起きていたら、すぐにもやめさせていただろうね。僕は動けなかった。いち早く寄り添った霜妻さんが、あなたたち何してるのと叱咤し、他の使用人たちがあわてて旦那さまを囲んでも、僕はまだ動けずにいたんだ。

なかば運ばれるようにして桜さまの椅子に腰を下ろした旦那さまは、ややあって話しはじめた。

「以前、私に満州で亡くなった戦友の未亡人から手紙が届いたのを、ここにいる何人かは知っていると思う。夫は敵から逃げようとして後ろから撃たれたと聞いたが、彼は臆病者ではない、信じられないから本当のことを教えてほしい、という内容だった。彼は中井《なかい》といって、私たちはともに軍医として同じ部隊にいたんだ。友人だった」

うなだれて、まるで床に向かって話しているみたいだったよ。

「奥さんの言うとおりだった。中井は部隊でコレラが蔓延《まんえん》する可能性を上官に進言していた。しかし上官が無視したために、コレラと、それによる戦力低下によって、部隊は多くの死傷者を出した。上官は責任を問われることを恐れ、戦闘のどさくさに紛れて中井を射殺した。口封じのために、後ろから。私はそれを目撃した。だが見たと知られたら私も消されるに違いない。そこでとっさに失明したふりをしたんだ。軍医としてそういう患者は何人も見てきたから、どうにか切り抜けることができた。とはいえ、疑われている気配は退役して帰ってきてからもずっとあった。神山、屋敷の周りを怪しい男がうろついていると報告してくれたことがあったね。特高のようだとおまえは言っていたが、あれはおそらく変装した軍人で、私を監視していたんだ。上官の目や耳はどこにでもあるから、気は抜けなかった。嘘だとばれれば家族までも危険にさらすことになる。すみれを焼いたのも、紫峰太一郎は満州ですっかり正気を失ってしまって、こんな男を警戒する必要はないと、思わせるためだったんだ」

旦那さまはきつく目をつむった。

「中井は勇敢だった。臆病者は私だ」

そんな旦那さまを僕は凝視していた。全身が小刻みに震えて、自分の荒い息づかいがいやに耳についた。唇から勝手にこぼれた声はひび割れていて、自分のものじゃないみたいだったよ。

「じゃあ、ヒナさんはどうなるんです。旦那さまの目が見えているなら、旦那さまのために顔を焼いたヒナさんは」

旦那さまが僕を見た。誰も無礼だとは言わなかった。嗚咽《おえつ》を漏らしたのは誰だったんだろう。

「頼みがある」

そう言って、旦那さまは全員を見渡した。

「おまえたちみんなにだ。今話したことをヒナには隠して、計画を続行してくれないか」

すぐには意味がわからなかった。

「私は見えていないふりを続ける。ヒナの演技に騙されて、三人の娘たちが生きてそこにいると信じているようにふるまう。おまえたちもそれに合わせてほしいんだ。つまり、ヒナに協力して私を騙しているように装ってほしい」

「旦那さまを騙している態《てい》で、じつのところはヒナさんを騙せと……？」

「そうだ。ヒナが私のためにしてくれたことを、無駄だったとは思わせたくない。その真心に報いてやりたいんだ。そんなことしかしてやれない。娘なのに、何もしてやれなかった。父親だと名乗ることさえも」

「娘……?」

地獄にいる人はこんな顔をしているのかもしれないと思ったよ。

「もしかしたらとは思っておりました」

霜妻さんの言葉に、僕はもう驚かなかった。いろんなことがありすぎたんだ。ただ、僕はこれ以上あんたが傷つくのを見たくなかった。

「旦那さまに従います」

部屋じゅうの視線が僕に集まった。いつのまにか震えは止まっていた。

「なんだかわからないけど、ヒナさんは旦那さまの娘なんですよね。だったらお嬢さまだ。旦那さまとお嬢さまにお仕えするのが、使用人の仕事です」

言ってしまうと、覚悟のようなものがすとんと腹に落ちた。自分の芯が定まったという感じがしたんだ。事件をなかったことにすると宣言したときのあんたみたいに。

しばらくの沈黙のあと、全員が同意を示した。最後は神山さんで、額に手を当てて苦渋に満ちた面持ちだったよ。あの人にはあの人の忠義と矜持《きょうじ》があったはずだ。旦那さまは僕たちに向かって、ありがとうと深く頭を下げた。

せめてもの気持ちだといって旦那さまが用意してくださったお金を、僕は受け取ることができなかった。分不相応なものを手にしてしまったら、秘密がほころびてしまいそうで怖かったんだ。相楽さんは借金返済のため、神山さんは娘さんの入院費のために受け取ったが、本当にお金がほしかったわけじゃないと思う。そのほうが旦那さまのお気持ちが楽になると考えたんじゃないかな。山岸さんはいずれ自分で店を持つときに出資してほしいと言い、霜妻さんは退職のときにいただきたいと言った。僕もふたりにならって、いつか必要になったときにということにした。結局もらいそびれてしまったが、それでよかったと思っているよ。旦那さまにはお金には換えられないものをいただいたから。

あんたは高熱を出して三日三晩も眠りつづけたね。僕と霜妻さん、それに旦那さまが、夜も交代でずっとそばについていた。

朝の光を受けて、包帯の隙間から覗くまぶたが動いたとき、どれだけほっとしたことか。睫毛もない赤くただれたまぶたが、とてもきれいな、神聖なものに思えたんだ。大げさだと、あんたは呆れるだろうがね。

しかしすぐに暗澹《あんたん》たる気持ちに引き戻された。これからあんたを騙さなくてはいけないんだ。たぶんずっと、もしかしたら一生。

ふがいない僕と違って、霜妻さんはすっかり腹が据わっているようだった。

「おはよう、よくがんばってくれたわね。さっそくだけど、旦那さまはすでにお目覚めよ。ここは桜さまのお部屋だから、まずは桜さまとしてふるまって」

「わかりました」

唐沢ヒナの声を鼓膜に刻んで、僕は旦那さまをお呼びした。ベッドの上に身を起こしたあんたの姿が目に入った瞬間、旦那様のお背中が震えたのが、お支えしていた僕にははっきりわかったよ。旦那さまは盲人らしいおぼつかない足取りで、ゆっくりとあんたに近づいたね。

「お父さま」

「……桜」

そう呼びかけながら握った手に、旦那さまはどれほどの想いをこめたんだろう。

声は桜さまだったが、僕にはあんたの、ヒナさんの顔が見えた。とてもやさしくて美しい笑顔だったよ。このときも僕はやっぱり、あんたを描きたいと強く思ったんだ。それからの日々は、はたから見れば滑稽だったかもしれないね。それともあわれだったろうか。桜さまに扮して旦那さまの食事の介助をしながら、こまめに場所を変えて葵さまと茜さまの声も演じるヒナさん。食器を使ったり椅子を動かしたりして、三姉妹が同じテーブルについているかのような音を立てる僕たち。僕はへたくそでよくあんたににらまれたっけ。そんなとき、旦那さまは申しわけなさそうに僕を見た。ふたりのまなざしの意味はまったく違ったのに、なぜかな、よく似ていたように思うんだ。

あのはりぼての団欒が、それでもずっと続けばいいと僕は願っていた。

だが、年が明けてすぐに山岸さんが出征し、奥さんもほどなく辞めてしまった。日の丸の寄せ書きを求められたとき、困った僕を助けてくださったのは旦那さまだった。お屋敷で唯一、僕が字を書けないことをご存じだった旦那さまは、左手で僕の名前を代筆してくださったんだ。右手で書いたら、旦那さまの字であること、旦那さまの目が見えていることが、あんたにわかってしまうからね。旦那さまご自身のお名前は、あんたも知ってるとおり神山さんが代筆した。

そうやってあんたを騙しつづけて三年がたつころ、ようやくあんたを描く機会が訪れた。

忘れもしない、昭和十七年の末だ。葵さまに戦争画展に出展しないかという話が来た。いない人間に絵が描けるわけもない。火傷をして絵はやめてしまったと理由をつけ、僕たちは出展を断った。戦争ぎらいの葵さまのことだ、本人がいらしたとしても同じように断っただろう。だが話を持ってきた美術学校時代の恩師は、じかに会って説得したいと言ってきた。

会ってしまえば秘密がばれてしまうかもしれない。出展を承諾するほうがいいと判断したのはあんただったね。僕が代わりに描いて、葵さまの名で出せばいいと。

僕の気持ちを汲んでくれたのもあったのかい。おそらくあんたが見抜いていたとおり、僕は本心では描きたいと思っていたんだ。葵さまがいなくなってしまわれて、僕の絵は土や反故への落書きに戻っていた。当時、画材も容易には手に入らなくなっていたが、戦争画展に参加するとなれば支給される。画材をもらって絵を描ける。

これを逃したら二度と機会はないかもしれないと思った。モデルになってくれと頼んだとき、あんたは頭巾の下でどんな顔をしていたんだろう。その目がとても表情豊かなことに、僕はもう気づいていた。

「どうして私なんか」

「あんたがいいんだ」

「趣味が悪いわ。もっときれいなものを描きなさいな」

だからあんたなんだとは言えなかった。子どものころほどではなかったが、十九になってもやっぱり僕は口下手だったな。

だが結局、あんたは頭巾を取ってキャンバスの前に座ってくれた。理由を訊いたら、僕があまりにしつこいからだとため息をついたね。ひとつしか違わないのに、あんたはいつも年上らしくふるまった。最初の印象がよほど頼りなかったのか、あるいはずっと頼りないままだったのか。

キャンバスを挟んでふたりで年を越したね。うぐいすのさえずりもふたりで聞いた。僕がつくしを取ってきたら、あんたが何か作ってくれると約束した。あんなご時世だったのに、おだやかな場面ばかり思い出すよ。

でもそのあいだに、相楽さんも出征してしまった。相楽さんは僕に言ったよ。おまえの肩がそうなったのは、戦争に行かずに旦那さまをお守りするためだったんだと思え。俺のぶんまで頼むぞ。その代わり、おまえに敵の弾《たま》が届かないよう俺が守ってやる。あの人にはさんざん殴られたのに、僕は泣いた。

相楽さんは帰ってはこなかった。僕の描いたヒナさんを見てみたいと言ってくれたのに。

僕の目と手を通したヒナさん。

完成した絵を見つめて、あんたはぽつりとつぶやいた。

「誠には私がこう見えるのね。絵描きの目ってふしぎだわ」

そのとき、流れないはずの涙がつうっと一筋、頰を伝うのが僕には見えたんだ。

思わず抱きしめていた。細くて薄い体が、僕の両腕の中にすっぽり収まっていた。

「あんたが好きだ」

あんたは身じろぎもしなかったね。そして僕の胸をやんわりと、だがはっきりした意思を持って押し返した。

「誠はいつまでたってもだめねえ」

僕を見上げて、あんたは笑ったんだろうか。呆れたような口ぶりだったが、目の表情がこのときはうまく読み取れなかったんだ。ただ、僕ではあんたを救えないんだとわかった。

僕は絵に『祈り』というタイトルをつけた。

展覧会で『祈り』は入賞を果たした。とても驚いたしうれしかったよ。そのころには僕はお屋敷を辞めて金属加工工場で働いていたが、時間を作って会場へ足を運んだ。展示された絵の前に少し離れて立ち、たくさんの人がそこで足を止めてくれるのを、長いあいだ見ていたよ。彼らはキャンバスの中の女性をとっくりと眺め、口々にきれいだと言った。気がつくと僕は泣いていた。入賞よりも何よりも、それがうれしくてたまらなかったんだ。だって僕が描いたのは、僕に見えているありのままのヒナさんだったから。

あのときは夢にも思わなかったよ。一枚の絵のせいであんな、あんなことになるなんて。

市川さんがお屋敷を訪ねてきたことを知らされたのは、それから数日後だった。急だったにもかかわらず、あんたの演技はよくできていたと聞いたよ。だから市川さんが不審を抱いたのは、あんたのせいだけじゃない。

彼は戦争画展へ行ったあとだった。紫峰葵の『祈り』を見て、違和感を持った状態でお屋敷を訪れたんだ。しかもお屋敷に泊めてもらおうとしたら、人手がないからと断られた。勝手知ったる屋敷だし、世話をしてもらう必要はない、むしろ手伝えることがあればやるとまで言っても、かたくなに拒否された。家族のように暮らしていた人だからこそ、あんたたちが警戒したのはよくわかる。

ますます疑いを強めた市川さんは、山岸さんの家に滞在して紫峰家について調べはじめてしまい、僕たちは頭を抱えた。

自分のためにやったことで使用人たちが悩み苦しんでいるのを、旦那さまは見ていられなかったんだろう。市川さんが来て七日目、お屋敷を訪れた僕に旦那さまはおっしゃった。市川さんに会って、何もかも打ち明けると。その上で沈黙を求めるつもりだと。もちろんあんたには黙ってだ。旦那さまは何があってもあんたを騙しとおす覚悟だった。ひとり残った娘の嘘を守りたかったんだ。

その夜、屋敷のみんなが寝静まるのを待って、旦那さまをひそかに山岸家へおつれした。勘のいいあんたに気づかれないよう、他の使用人たちにも言わずに。

僕は近くに身を潜めていることにして、変装した旦那さまがひとりで市川さんを訪ねた。目が見えないはずの旦那さまがそうやって現れたことに、市川さんは驚きつつも何か察するものがあったんだろう。その場では何も訊かずに呼び出しに応じた。

ふたりは民家から離れた川のほとりへ移動した。昔、僕が飛びこんだ川の支流だ。星の明るい夜で、せせらぎと虫の音が涼しかったよ。蛍が群れ飛んでいた。

旦那さまはすべてを打ち明けられた。葵さまが妹たちを殺して逃げたらしいことも、使用人たちがそれを隠していることも、旦那さまが失明していないことも、ヒナさんのために演技を続けていることも、ヒナさんが旦那さまの娘であることも。

僕は背の高い草の陰から見守っていたが、市川さんの顔色の変化が星明かりではっきり見えたよ。市川さんは、使用人たちが三人のお嬢さまがたを殺して旦那さまを騙している、と考えていたらしい。彼にとって旦那さまは何も知らない被害者だったから、知っていて黙っている、それどころか荷担していることにショックを受けたようだった。

「事情はわかりました。でも、桜さんと茜さんをこのままにはしておけません。じつの姉に殺されたあげくに葬式も出してもらえず墓にも入れてもらえず、庭の隅に埋められているなんてかわいそうだ。おまけに別人が自分の名をかたって生きているなんて。そんなことはあってはならない。許されることじゃありません」

「きみの言うとおりだ。しかし……」

「あなたを見損ないました。父のように尊敬していたのに。子が罪を犯したなら、悔い改めさせるのが親じゃありませんか。子が命を落としたなら、悼み弔ってやるのが親じゃありませんか。ヒナがいるからもういいと？」

違うと叫びそうになるのを、歯を食いしばって堪えたよ。市川さんは知らないから、そんなことが言えるんだ。葵さまの行方を捜さないとお決めになったものの、あの子を守ってやってくれと亡き奥さまに語りかけておられるのを、僕は一度ならず聞いたことがある。真冬の冷たい雨の中、桜さまと茜さまを埋めた場所に傘を差しかけて、何時間も立っておられたこともあった。

「使用人たちの主人としても、あなたのおこないは間違っています。彼らがあなたのために罪を犯したならなおさら、あなたは彼らを諭し、正義を示してやらなければならない。こんなことを続けていたって、みんな不幸になるだけです」

旦那さまは弁解も反論もなさらなかった。市川さんをまっすぐに見て「きみが正しい」と再び認め、深く頭を下げられた。

「それでも、どうか協力してほしい」

すっかり白髪の増えた頭を見下ろす市川さんは、とてもつらそうだったよ。糾弾しているあいだもずっとつらそうだった。痛くてたまらないような顔をしていた。

「すみません。僕はすべてを告発します。そうすることがあなたへの恩返しです」

ぱっと顔を上げた旦那さまが、踵《きびす》を返した市川さんの手首をつかんだ。杖が倒れたが、繁った夏草に受け止められて音はほとんど聞こえなかった。

「待ってくれ!」

「離してください」

思わず飛び出した僕を見て、市川さんは驚いた顔になり、それから強く眉をひそめた。

「岡林くん……」

むりやり荷担させられていると誤解していたのだろう。彼の知る僕は、仕事を押しつけられてばかりの自尊心の低い子どもだったから。

旦那さまの手をふりほどいた市川さんの前に、僕はとっさに立ち塞がった。旦那さまが市川さんの肩をつかんだ。ふたりはもみ合いになったが、旦那さまのほうが分が悪いのは明らかだ。僕は無我夢中で市川さんを羽交い締めにした。どうかわかってくれと必死に訴える旦那さまの言葉に、耳を傾けてほしい一心だったんだ。なのに……。

「何を言われようと意思は変わらない。あなたたちのやっていることは犯罪だ！　人の道にもとる行為だ！　こんなことをしてもヒナは……」

「黙れぇッ！」

絶叫だった。旦那さまの両手の親指が市川さんの喉に食いこんだ。市川さんはもがき、旦那さまの手を引き剝がそうとひっかき、僕の脚を蹴った。そして、やがて動かなくなった。

僕は市川さんの体を取り落とし、その場に尻餅《しりもち》をついた。逆さまに見た市川さんは、まなじりが裂けそうなほど大きく目を見開いていた。瞳の中で蛍の光がちらちら踊っているのを見ながら、僕は自分の頭がへんになったんじゃないかと思ったよ。

「市川くんが正しい」

乾いた笑いまじりの声に、僕はのろのろと顔を上げた。旦那さまはご自分の手を、あるいは指の隙間から市川さんを見下ろしておられた。降るような星空の下、細いお体がとてももろくはかなげに見えたよ。

「でも、それでも、私はヒナを……」

ヒナ。その名を聞いたとき、手のひらに草の感触を覚えた。せせらぎや虫の音が戻ってきた。蹴られた脚が痛んだ。これは現実なんだ。

僕は立ち上がった。さっき羽交い締めにしていたのと同じように、市川さんの脇の下に両腕を差し入れ、草の深いところへ引きずっていった。

「遺体を処理しなくては。僕たちだけではできたとしても時間がかかりすぎる。お屋敷のみなさんの手を借りなければいけません」

僕は火事の晩のあんたを思い出し、まねをしていたんだ。全身びっしょり冷たい汗に濡れて、実際は冷静とはほど遠かったけれど。

ようやくこちらを見た旦那さまに、僕はきっぱりと告げた。

「僕がやったことにします」

「何を……」

「目の見えない旦那さまにできますか？」

旦那さまははっとお体を震わせた。

使用人みんなに協力を仰ぐなら、ヒナさんにだけ知られないようにするのは難しい。しかし旦那さまが手を下したのだとなれば、失明が嘘だとばれてしまう恐れがある。それは旦那さまにとって、絶対に避けたいことだ。

「今回はヒナさんだけでなく、他のみなさんにも本当のことは言わずにおきましょう。大切な旦那さまに手を汚させたと知ったら、自分を責めて悔やむ人ばかりです。それに、僕が殺したというのはまったくの嘘でもありません。僕が市川さんを押さえていなければ不可能だったんですから。何より、市川さんが不審を抱いたきっかけは僕の描いた絵です」

「おまえのせいじゃない」

旦那さまは強く否定してくださった。おまえは葵の不在を隠すために描いてくれたんだから、と。たしかにそうだ。でも僕は描きたかった。描きたくて描いたんだ。その絵が市川さんを殺した。

僕は一生懸命あんたを思い浮かべ、唇の前に人差し指を立てた。

「これは秘密です」

旦那さまは何か言いかけたが、呑みこむように口を結ばれた。それからあらためて「ありがとう」と言ってくださった。もっと簡単にそう思える人なら、あれほど苦しまれずにすんだだろうに。旦那さまは、他の何を犠牲にしてもヒナさんを守ると決めておられた。にもかかわらず、犠牲にするものへの情も捨てきれなかった。あんたの父親はそういう人だったよ。

屋敷に戻って報告したとき、あんたは一瞬、言葉をなくしただけで、すぐに「よくやってくれた」とねぎらってくれたね。それからみんなの指揮をとって遺体を庭に埋め、さらに玲二さまを使って市川さんが町を去ったという偽装工作までやってのけた。すべてが終わったあとで家に帰って、僕は市川さんのためにこっそり泣いた。ごめんなさい、ごめんなさい。あんたは僕なんかにもやさしくしてくれた人だった……。

僕はもう二度と絵を描かないつもりだった。他ならぬあんたがあれほど熱心にやめるなと言わなければ、けっして再び絵筆をとることはなかったろう。やめなくてよかったと今は思っているよ。もっとも、油彩をやったら『祈り』との類似性が出てしまうかもしれないから、水彩しかやらないがね。

だからあれは、僕の最後の油彩なんだ。最後にして最高の作品なんだよ。そして、あんたをちゃんと描いた唯一の作品にもなってしまったね。

もしどこかで違う選択をしていたら、またあんたを描けたんだろうか。一緒に老いていくあんたを。あんたとすごす春を、夏を、秋を、冬を。

昭和二十年五月二十三日。あんたは桜さまとして、旦那さまとともに東京行きの汽車に乗った。僕は駅まで見送りに行き、それが永遠の別れになった。

その少し前、同じ月の初めごろだったか、僕は旦那さまのおともで散歩に出かけたんだ。よく晴れて気持ちのいい日だったな。あの青い空から爆弾が降って、日本の各地をめちゃくちゃにしているなんて信じられないような気がした。近くの町だってやられたばかりだったのにね。

川ぞいに差しかかったとき、旦那さまが唐突に「日本はもうすぐ負けるだろう」とおっしゃった。幸い周囲にひと気はなかったが、僕は驚いて、そんなことはないと反論した。あばらがくっきり浮き出たすきっ腹は意識しないようにして。旦那さまは静かに首を横に振られた。

「日本が負けたら、どんな形になるにせよ、世の中はすっかり変わってしまうだろう。我々の秘密もいずれ、おそらく遠からず、白日のもとにさらされる。そのときにはなるべくおまえたちが責任を問われないよう、全力を尽くすつもりだが」

僕は何とも言えなかった。戦争の負けが決まっているなら、今このときの我慢や悲しみは何のためなのか。秘密が明るみに出てしまうのなら、市川さんはなぜ死なねばならなかったのか。

旦那さまは水面の光が目にしみるみたいな表情で、川を眺めておられた。ゆっくりとした歩みを止められることなく、杖の音をこつ、こつ、と響かせながら。

「誠、これは私の勘違いではないと思うんだが、おまえはヒナを好いてくれているね?」

僕は少しうろたえたが、すなおにはいと答えた。まだしつこく想いつづけていたことに、あんたも気づいていたかい。

「気持ちを伝えたことは?」

「以前に。でも相手にされませんでした」

旦那さまは川に顔を向けたままほほえまれた。

「あの子を養子に出したあと、私はいっさいの関わりを断ち、もうひとりの娘などいないものとして生きてきた。だが運命のいたずらというものか、ヒナは私が実父であることを知り、しかも葵と出会ってしまった。ヒナが女中として屋敷に現れたとき、私はひと目であの子だとわかった。そばに置くべきではないと拒絶しながら、しかし追い出すこともできず、互いに知らんぷりで何年もすごした。戦地から帰ってきた私のありさまを見て、ヒナは何を思ったんだろう」

「ヒナさんはひとりで泣いていました」

「そうか、泣いてくれたのか……。私が三人の娘を失ったとき、救えるのは自分だけだと、きっとヒナは思ったんだ。父親にただひとり残された娘として。今のあの子は、私のためだけに生きている」

旦那さまは足を止め、僕をごらんになった。とてもおだやかな澄んだ目で。

「誠、おまえの力を貸してくれないか。もう一度、ヒナに想いを伝えてくれ。あの子にとって、私よりも嘘よりも大切な存在になってほしい。そして新しい時代をともに生きてやってほしい」

口調はやわらかいままだったが、たじろぐほどの熱が伝わってきた。

「でも僕では……」

「おまえのことはよく知っているつもりだよ。おまえなら、いや、きみなら大丈夫だ。安心して大切な娘を任せられる」

胸がしめつけられるような、やさしい笑顔だった。このとき、あんたの気持ちがはっきりとわかったんだ。この人にもう何も失ってほしくないと思った。そして、あんたにも。

旦那さまはあんたへの贈りものを広瀬木工所に依頼なさった。それが何だったか僕は知らないし、木工所も空襲でやられてしまったからどうなったのかわからない。

間宮伯爵夫人の病が篤いという報せを受けて、旦那さまはあんたをつれて会いに行くことを決意された。東京は大空襲にさらされていたのに、疎開せず屋敷に残っていたというんだから、あんたの強さは母親ゆずりかもしれないね。あんたは父親にも母親にも似ていたんだと思うよ。

旦那さまはおっしゃっていた。命にかえてもヒナだけは守ると。

ヒナさん、あんたは言った。命にかえても旦那さまだけは守ると。

最期の瞬間、あんたたちは父娘だったかい。

＊＊＊

ノックの音に、岡林は顔を上げた。入室してきた看護師がいつものように調子を尋ねる。おかげさまでと岡林は答える。やるべきことをやって看護師が立ち去れば、これでしばらく見まわりは来ない。

扉が閉まり、岡林はまた病室にひとりになった。少しでもくつろげるようにと息子が奮発してくれた個室には、嫁が多めに用意してくれた清潔な下着やタオルが常備されている。枕もとには、孫が持ってきてくれたパズルの本。身につけているパジャマは、三年前に他界した妻が買いおいてくれたものだ。

この病室のありさまに、岡林の人生が凝縮されている。いい家族に恵まれた。幸せだった。こんな人生を生きられたのは、お屋敷での日々があったからこそだ。岡林誠という人間の基礎は、お屋敷で作ってもらった。

だから、恩を返さなくては。

西ノ森という男が紫峰家のことを調べている。遺体はすべて発見された。世間が紫峰家の秘密に気づきつつある。そして、老いゆくこの身は、いつか秘密を守れなくなるかもしれない。

太一郎の、三姉妹の、ヒナの、紫峰家の人々の人生を、何も知らない者たちの好奇の目にさらさせはしない。それが岡林誠の使用人としての矜持だ。自分の罪ならばい い、だが太一郎の罪は誰にも暴かせない。すべての真実を、誰の手も届かないところまで持っていく。たとえ太一郎の遺志に背いても。

キャンバスを窓辺に立てかけて、その下の引き出しから注射器を取り出した。インスリンを自己注射するためのペン型注射器。見舞いに来てくれた友人のバッグから失敬したものだが、何度かなくしたことがあると聞いているので、怪しまれることはないだろう。

不必要なインスリンを投与すれば、自殺だと知られずに命を絶つことができると、耳にしたことがあった。注射のやりかたは見て憶えている。効果が出るまでのあいだに注射器さえ始末してしまえばいい。寝ついてしまったせいで時間がかかったが、ようやく体がもとどおり動くようになり、インスリンも手に入った。潮時だ。

キャンバスの中で祈る女を見つめる。最後にもう一度、顔を見られてよかった。ほほえんで注射器を腹部にあてがい、注入ボタンを押しこむ。

ヒナさん、これが僕の秘密の守りかただ。

扉が静かに開いて、薄暗い病室にするりと入ってきた者があった。麻のワンピースを着た女性で、腰が少しだけ曲がっている。つばの大きな帽子を目深にかぶり、サングラスとスカーフで顔を隠している。

とまどっているうちに、女性は目の前にまで近づいてきた。

端が引き攣《つ》れた唇の形に、遠い記憶がうずく。

——誠。

名前の呼びかたに、言いようもないなつかしさを覚え、岡林は彼女を見つめた。

「ヒ……」

声が名前になる前に、女性は唇の前に人差し指を立てた。

そのしぐさに、胸がいっぱいになる。乾いた頬を涙が伝い落ちる。

——秘密は、もういいの。

彼女は岡林の手から注射器を取り上げ、ゆるりと背を向けた。遠ざかるその背中に向かって、岡林は手を伸ばした。待ってくれ。僕は、僕は、あんたに……。

扉が閉ざされ、岡林はじきに意識を失った。

頬に心地よい光と涼しさを感じて、岡林はまぶたを開いた。

「あ、じいちゃん」

声のほうへゆっくり首を動かすと、窓辺に大学生の孫の姿があった。

細く開けた窓から流れこむそよ風が、鉢植えの小さな花を揺らす。そのそばに祈る女の絵が立てかけられている。

「天気がいいから、ちょっと風を入れようと思ってさ」

孫がベッドを覗きこんだ。

「よかった。今日あたり目を覚ますだろうって言われてたんだけど、やっぱ心配でさ。一週間も寝てた自覚ある？」

岡林はぼんやりと窓の向こうの空を見た。とてもいい青色だが、天国ではないらしい。

「お見舞いにきた人が見つけて、看護師さんに報せてくれたおかげで助かったんだよ」

孫の声を遠くに感じながら、岡林は目を窓辺の花に戻した。小さな紫の花。たしかトレニアだ。

「ああ、じいちゃんを助けてくれた人が置いてったんだよ。鉢植えは縁起が悪いっていうけど、せっかくだしさ。やっぱどっか持ってく？」

岡林はベッドに横たわったまま、ゆるくかぶりを振った。

「いや、花の根は土についていたほうがいい」

トレニア――夏すみれとも呼ばれる。

遠い昔、すみれを根から引き抜いて焼いた。

まるですみれのお葬式だと、あの人が言った。

しわに埋もれた目尻が、いつのまにか濡れていた。

空襲で死んだとされるヒナの遺体は行方不明だ。命にかえてもヒナだけは守ると誓った、太一郎の声がよみがえる。

「針の人とは別に、じいちゃんに会いたいっていう人たちが来てるんだ。もう何日も、毎日通ってくれてる。ここに入れていいかな？」

岡林はゆっくりと一度まぶたを閉じて返事の代わりにした。

孫と入れ替わりに入ってきたのは、背の高い青年と、カラフルなワンピースに身を包んだふくよかな老婦人だった。

青年は西ノ森だ。老婦人にもどこかで会ったことがある気がするが、いったい誰だったろう。顔を見ていると、せつないようななつかしさがこみあげる。

ベッドの脇の椅子に腰を下ろした老婦人は、窓辺の絵を見て動きを止めた。じっと視線を注ぎ、泣き笑いのような表情を浮かべる。

「これが『祈り』ね……。とてもきれい。私には描けなかったわ」

彼女は潤んだ目を岡林に向けた。

「私は御園涙子といいます」

御園。やはりなつかしい名にはっとする岡林に、彼女はおだやかに告げた。

「生まれたときの名前は、紫峰葵です。誠、あなたに聞いてほしい話があるの」

「葵……葵さま……」

霧が晴れるように記憶が目覚めていく。思い出があざやかによみがえり、色づいていく。

すみれの丘の、すみれの館。やさしい旦那さまと、美しい三姉妹。面倒見のよいふたりの書生と、気のいい使用人たち。

その中からひとりの姿だけが浮かびあがった。

頬に傷のある少女。

顔の焼けただれた娘。

大きな帽子とサングラスの老婆。

——まるですみれのお葬式ね。

——秘密は、もういいの。

葬式は、生きている人間が気持ちを切り替えるためにするものだと誰かが言っていた。

そうだね、ヒナさん。
だったら今こそ、秘密を弔ってやるときだ。
祈る女にまなざしでほほえみかけ、岡林は乾いた唇を開いた。
「葵さま、僕からもお話があります。長い長いお話です」
西ノ森が大きく窓を開け放った。白い部屋に光が満ちる。
新しい風が紫の花を揺らした。

本書は、二〇一八年十二月に小社より単行本として刊行した『すみれ屋敷の罪人』を加筆修正し、文庫化したものです。

この物語はフィクションです。作中に同一の名称があった場合でも、実在する人物・団体等とは一切関係ありません。

〈解説〉
歳月の重みを超えて、秘密を解き放つ

古山裕樹（書評家）

「過去の罪は長い影をひく」――アガサ・クリスティー『象は忘れない』

本書『すみれ屋敷の罪人』は、過去の秘密を探る物語である。
二〇〇一年。古い洋館の庭から二体の白骨死体が発見された。西ノ《にしの》森《もり》はある人物の依頼を受けて、白骨死体の身許《みもと》を探ることになる。彼はかつての使用人だった人々を訪ね、昭和十年代の洋館――紫《し》峰《ほう》邸についての話を聞く。すみれに彩られた庭を持つ洋館に暮らしていたのは、おおらかな当主にその娘の三人姉妹、そして使用人や書生たち。そんな紫峰邸に、いったい何が起きたのだろうか……？

まず事件が起き、それから謎が解き明かされる。ミステリーと呼ばれる分野の小説では、珍しくない図式だ。だが、事件が起きた過去と、謎を解き明かす現在との間に、数十年の隔たりがあったらどうだろうか？　確かな物証はもはや望むべくもなく、存命中の関係者の証言に頼るしかない。一方、過去を語る側にも思惑がある。隠しておきたいこともある。すべてを正直に話すとは限らない。

これは秘密を抱えた人々の物語であり、そして秘密を解き放とうとする物語である。


ところで、秘密をめぐる物語——ミステリーを読むことの楽しさとは何だろうか？

物語にはさまざまな楽しみ方があるけれど、秘密の解明がもたらす驚きと、それに伴う認識の変容は、ミステリーという形式ならではのものだろう。

秘密の解明は、ただ読者を驚かせるだけではなく、これまで読んできた物語の意味を書き換えてしまう。Aという物語だと思って読んでいたものが、解明というプロセスを経て、そもそもBという図式の物語だったと知らされる。それまでに記された登場人物の言動も、真相の解明によって印象まで変わってしまう。解明がもたらす驚きは、物語を遡行して、その意味を書き換えてしまうのだ。後戻りの利かない、不可逆な認知の書き換え。ゆえに、ミステリーの結末を明かす行為は未読の人の楽しみを奪ってしまう。

そして、こうした作品は、一度読んでおしまいにするにはもったいない。再読にも独特の楽しさがある。たしかに、繰り返して読むときには、最初に読んだ時のような驚きは得られないだろう。だが、同じ文章を読んでも、すでに結末を知っているがゆえに、最初とは異なる風景が見えてくる。

そんなわけで、もしも今この解説を読んでいて、まだ本編を読み終えていない方は、ここで止めておいて、なるべく予備知識の少ない状態で先に本編をお楽しみいただきたい。この先で結末や真相を明かすつもりはないが、あなたに何らかの予断を持たせてしまうことは避けられないからだ。

……本編を読み終えられただろうか？　それでは続けよう。

この『すみれ屋敷の罪人』にも、前述のような驚きをもたらすための技巧が応用されている。この物語では、幾重にも重ねられた語りの層の底に秘密が埋められている。最初に栗田《くりた》信子《のぶこ》が語る、すみれ屋敷の風景。それは続く証言者たちの言葉によって、徐々に書き換えられ、あるいは新たな要素が書き加えられる。そして、依頼人と西ノ森の正体が判明する第二部では、さらに大きな秘密が明かされ、それまでに見えていた風景も大幅に書き換えられてしまう。

この物語では、新たな証言による解明と書き換えは一回だけではない。全編を通じて何度も繰り返される。埋もれていた秘密は何度も姿を変え、そのたびに驚きがもたらされる。そして最後に、ようやく秘密の全貌が明らかになる。

結末までたどり着いた後、それぞれの証言者たちに見えていたものと見えていなかったものを知った上で最初から読み返すと、また新たな風景が浮かび上がる。驚きを多重に仕込んだ構成は、再読に耐える精緻さを備えている。

秘密の解明という本筋を支える、人々の描写をめぐる細やかな技巧も見逃せない。例えば、現代のパートのちょっとした描写——来客に出さなかったティーカップ、壁にかけられた絵、自慢のカレーライス、などなど。わざわざ多くを語ることをせず、いくつかの断片で、紫峰邸に関わった人々の「その後」を垣間見せて《かいまみ》くれる。ただ過去を語るだけでなく、現在に至るまでの歳月をも、回想の隙間に描いているのだ。

そうして浮かび上がるのは、紫峰邸の過去と現在との間の、長い歳月の距離だ。歳月の重さが、読後の余韻を生む。それは、これが過去を掘り返す物語であるがゆえの余韻だ。

回想を通じて過去を探る形式の物語は、本書の前にも数多く生み出されている。

例えば、映画の古典的名作とされる『市民ケーン』。亡くなった新聞王が残した「薔薇《ばら》の蕾《つぼみ》」という言葉の意味を追って、記者が新聞王の関係者を訪ねて、その回想から彼の生涯を探ろうとする……という形式は、本書にも通じるところがある。

ミステリーの女王とも言われるアガサ・クリスティーも、このテーマを強く意識していた作家だ。『五匹の子豚』や『象は忘れない』といった作品では、関係者の証言を頼りに過去の事件を解決する物語が描かれる。後者に記された「過去の罪は長い影をひく」という言葉は、過去を探る物語の根底にある思考だと言っていいだろう。

あるいは、史実をもとにした精緻なストーリーで、過去の秘密を探索する物語を多く書いているロバート・ゴダード。その初期作品『リオノーラの肖像』は、ある館とその一族にまつわる秘密を、一人の女性の人生を通じて描き出している。語りの形式だけでなく、戦争に翻弄された人生という点でも、本書と通じ合うものがある。

また、今世紀に入ってデビューしたケイト・モートンは、一貫して過去の秘密を探索する物語を書き続けている。『湖畔荘』は、ジョギング中に荒れ果てた屋敷を見つけた主人公が、七〇年前にその屋敷で起きた迷宮入りの事件を調べる……という内容で、過去と現在を交錯させて精緻な謎を描き出す。

ちなみに、本書の作者・降田天にも、本書の他に同じ趣向の作品がある。『このミステリーがすごい！　三つの迷宮』（宝島社文庫）に収められた短編「冬、来たる」だ。終戦直後、三姉妹のもとに復員した父が連れていた少年。彼はしばらく家族の一人として共に暮らしていたものの、やがて姿を消してしまった。その真相を、三人それぞれの回想を通して描き出す。内容は全く異なるけれど、秘密を核にした物語の構成と、底に流れる余情は、『すみれ屋敷の罪人』と響き合う。機会があれば、あわせて読んでいただきたい。

こうした作品に常に描かれるものがある。回想される過去と、現在との距離。過去の事件がその後の人生にもたらした影響。変わってしまった運命。長い年月の間、秘密を抱えてきた者の心情。やり直すことのできない苦み。

歳月の流れは誰にも等しく訪れ、過去を変えることは誰にもできない。それでもなお、埋もれていた秘密を探り出すことにどんな意味があるのか？

本書の結末に描かれた「秘密を弔う」場面は、その問いに対する一つの回答だろう。秘密に向き合った人々の姿が、忘れがたい余韻を残す。

ここで、私たちも過去を探索してみよう。作者・降田天の過去を。

降田天は、鮎川颯と萩野瑛の二人による合作ペンネームだ。ミステリー作家としてのデビューは第十三回『このミステリーがすごい！』大賞の受賞だが、それ以前から小説を発表していた。二人のデビュー作は二〇〇九年、鮎川はぎの名義の『横柄巫女と宰相陛下』（小学館ルルル文庫）。第二回小学館ライトノベル大賞・ルルル文庫部門期待賞受賞作である。架空の世界を舞台に、口下手ゆえに誤解されやすい巫女《みこ》と切れ者の王族が謀略に対峙《たいじ》する物語は、全十二巻のシリーズとなった。

それに続く〈聖グリセルダ学院〉シリーズは、長く続いた戦乱が終わった王国が舞台。暗殺者の村に育った少女が、有力者の子弟が集う学園に入って、政治的な企《たくら》みがうごめく事件に立ち向かう。

宮廷や学園生活の裏に秘密と謀略が渦巻くこれらのシリーズは、特にミステリーと銘打たれているわけではないが、ミステリーを好む読者にとっても魅力のある物語だ。

この二つのシリーズについて、作者はこう語っている。

〝それぞれ主人公に持たせたテーマは異なりますが、世界の根底にあるのは、「事実とされていることが真実とは限らない」「目に見えている事態には裏や奥があるかもしれない」ということでした。〟（『聖グリセルダ学院の卒業』あとがき）

異世界を舞台にした、少女の冒険と恋の物語。その根底に、こんな世界の見方を配してみせる作者である。後にミステリーを書くようになったのも、ごく自然なことだったと言えるだろう。ここに記された世界の見方は、もちろん『すみれ屋敷の罪人』にも（そして他の作品にも）受け継がれている。

現在の降田天の著書は、本書の他には、デビュー作『女王はかえらない』、第二作『彼女はもどらない』（いずれも宝島社文庫）、日本推理作家協会賞（短編部門）を受賞した表題作を含む連作短編集『偽りの春』（角川書店）がある。まだ数は少ないものの、今後ますます増えていくことを願っている。

事実の裏や奥から意外な真実を引き出す、新たなミステリーを楽しみに待ちたい。

二〇一九年十二月

宝島社
文庫

すみれ屋敷の罪人

（すみれやしきのざいにん）

2020年1月23日　第1刷発行
2024年5月23日　第5刷発行

著　者　降田 天
発行人　関川 誠
発行所　株式会社 宝島社
〒102-8388　東京都千代田区一番町25番地
電話：営業 03(3234)4621／編集 03(3239)0599
https://tkj.jp
印刷・製本　中央精版印刷株式会社

ISBN 978-4-299-00122-1